HAYMON taschenbuch **230**

MIX
Papier aus verantwortungsvollen Quellen
FSC® C083411

Auflage:
4 3 2 1
2019 2018 2017 2016

HAYMON tb **230**

Originalausgabe

www.haymonverlag.at

ISBN 978-3-7099-7875-7

Umschlag- und Buchgestaltung, Satz:
hœretzeder grafische gestaltung, Scheffau/Tirol
Coverfoto: Herbert Neubauer, Aufführung Theater in der Josefstadt, Wien
Aufführungsfotos Innenteil: Herbert Neubauer S. 72–81, Joerg Metzner S. 82
Autorenfoto: Manfred Horvath

Gedruckt auf umweltfreundlichem, chlor- und säurefrei gebleichtem Papier.

Silke Hassler
Peter Turrini

Jedem das Seine

Ein Volksstück

Silke Hassler | Peter Turrini

Jedem das Seine

DAS UNVEREINBARE

Ende April 1945: In Wien wird die Provisorische Regierung der wiedererrichteten demokratischen Republik Österreich ausgerufen. Auf der Ringstraße vor dem Parlament tanzen junge Wienerinnen mit russischen Soldaten Walzer.

Zur selben Zeit in der österreichischen Provinz: Eine Gruppe von jüdischen Häftlingen wird auf ihrem erzwungenen Fußmarsch Richtung Mauthausen in einen Stadel eingesperrt. Sie sind am Ende ihrer Kräfte, der Hunger und die Kälte setzen ihnen noch weiter zu.

In dieser beinahe ausweglosen Situation beschließt ein Häftling, ein Operettensänger aus Budapest, gemeinsam mit seinen Leidensgenossen und ein paar Bewohnern des nahegelegenen Dorfes, die ihnen unter Lebensgefahr Eßbares in den Stadel bringen, die Operette „Wiener Blut" einzustudieren. Es fehlt ihnen an allem, an Instrumenten, an Kostümen, an Kraft.

Unser Volksstück „Jedem das Seine" beschäftigt sich mit einem weithin verdrängten Kapitel österreichischer Geschichte: den Todesmärschen von Juden durch die österreichische Provinz im Frühjahr 1945.

Diese Todesmärsche waren begleitet von größter Brutalität seitens der bäuerlichen Bevölkerung gegenüber den Juden und vom Gegenteil: Es gibt Zeugnisse größter Hilfsbereitschaft.

Unter dem riesigen Schatten des Holocausts, den monströsen Verbrechen des Nationalsozialismus, wollte sich Jahrzehnte lang niemand – von einer neuen Generation junger Historiker abgesehen – mit dieser in Österreich stattfindenden Tragödie in den letzten Kriegstagen und in den ersten Friedenstagen beschäftigen.

Es war eines unserer Ziele, diesem weithin verdrängten Kapitel österreichischer Geschichte, dieser spezifisch österreichischen Verdrängung gegenüber dem hier vor aller Augen Vorgefallenen, etwas entgegenzusetzen, nämlich eine Öffentlichkeit in Form eines Theaterstücks. Aber eine politische Absicht ist noch keine ausreichende Kategorie. Uns hat in der Entstehungszeit des Stückes vor allem die ästhetische Kategorie interessiert. Wie erzählen wir eine solche Geschichte auf der Bühne?

Wir wollten dabei den Werken, die den Holocaust aufarbeiten, kein weiteres Schreckensbild hinzufügen. Es war von Anfang an unsere Überzeugung, daß wir dieses furchtbare Kapitel der Geschichte nur in Form einer Tragikomödie erzählen können. Wir wollten die Menschen mit unserem Stück ja erreichen, und das schafft man nur, wenn man sie zum Lachen bringt. Oder zum Weinen. Möglichst beides gleichzeitig.

Deswegen haben wir zwei an sich völlig unvereinbare Gattungen miteinander verbunden, die Tragödie und die Komödie, die Geschichte der Todesmärsche mit dem Genre der Operette. Wir wollten dem Tragischen mit dem Komischen begegnen oder anders ausgedrückt: Wir wollten zeigen, wie Menschen, die dem Tod näher sind als dem Leben, versuchen, mit den Mitteln der Kunst zu überleben. Natürlich ist das ein lächerlicher Versuch, die Todesangst zu bannen, aber dahinter steht auch eine Idee: Die Kunst kann den Menschen ihre Würde zurückgeben.

Silke Hassler und Peter Turrini
Oktober 2010

PERSONEN:

DIE JÜDISCHEN HÄFTLINGE:
Ludwig „Lou“ Gandolf, Operettensänger (33 Jahre)
Elias Rotenberg, ein Schneider aus Budapest (zirka 60 Jahre)
Zsuzsa Breuer, Kontoristin (30 Jahre)
Hannah König (60 Jahre)
Jakob König, pensionierter Professor (67 Jahre)
Raphael Glasberg, Geiger (zirka 40 Jahre)
Viktor Heller (40 Jahre)
Edvin Javor (35 Jahre)
Imre Landau (30 Jahre)
Milli Moskovics (25 Jahre)

DIE DORFLEUTE:
Traudl Fasching, Bäuerin (50 Jahre)
Stefan Fasching, Bauer (55 Jahre)
Leopoldine Schrabacher, genannt Poldi, junge Magd (23 Jahre)
Anton Hochgatterer, Dorfgendarm (zirka 50 Jahre)
Edi Kropfitsch, Hitlerjunge (14 Jahre)

1. AKT
FREITAG, 27. APRIL 1945
AM ABEND

Im Inneren eines großen Stadels. Es ist sehr düster, nur das Mondlicht fällt durch einige desolate Stellen im Dach. Eine Grüppe von zehn völlig entkräfteten Menschen lagert in dem Stadel. Es sind jüdische Häftlinge, die auf einem Gewaltmarsch von einem Dorf zum nächsten getrieben werden. Sie tragen Privatkleidung, die von der Zwangsarbeit verdreckt und zerschlissen ist. Ihre wenigen Habseligkeiten, wie blecherne Menagebehälter, haben sie am Gürtel befestigt oder in einem Tuch eingeschlagen. Die meisten von ihnen tragen einfache Holzpantinen oder sie haben gar keine Schuhe mehr, ihre Füße sind mit Sackleinen oder Lumpen umwickelt. Ein Häftling trägt ein zerschlissenes Operettenkostüm, einer anderer eine Trachtenjoppe. Die Frauen tragen Kopftücher. Die Häftlinge sind am Ende ihrer Kräfte, einige liegen völlig erschöpft am Boden, andere haben sich mit dem Rücken an die Stadelwand gelehnt. Manche reiben sich ihre Hände, um sich ein wenig aufzuwärmen. Sie geben kaum einen Laut von sich, niemand redet ein Wort. Mitten in dieses Schweigen erklingt plötzlich ganz leise ein Summen. Jemand summt ein paar Takte des Walzers „Wiener Blut“.

DER HÄFTLING VIKTOR HELLER: *(verzweifelt)* Aufhören!

Das Summen setzt aus. Stille. Dann setzt das Summen wieder ein. Der Mann im zerschlissenen Operettenkostüm, Ludwig „Lou“ Gandolf, steht vom Boden auf, summt den Walzer und dreht sich im Takt des Walzers im Kreis. Ein

Häftling, der Schneider Elias Rotenberg aus Budapest, beobachtet ihn.

Der Schneider: *(mit starkem jüdischen Akzent)* Gott meg abhiten, wieder is einer meschugge geworden. Wir werdn erschossen, wir werdn erschlagen, wir werdn wahnsinnig. Wer mecht das alles überleben?

Lou Gandolf in seinem zerschlissenen Operettenkostüm tanzt weiter, er tänzelt zwischen den am Boden liegenden Menschen und verbeugt sich vor einer jungen Frau, Zsuzsa Breuer.

Gandolf: Darf ich bitten?

Zsuzsa reagiert nicht.

Gandolf: *(eindringlich und leise zu Zsuzsa)* Die Welt da draußen will uns töten. Deshalb müssen wir so tun, als wären wir in einer anderen. Wenn der Wald am finstersten ist, pfeifen wir vor Angst. Ich für meine Person ziehe es vor zu singen. Ich singe, ich tanze. Wollen Sie mit mir tanzen?

Zsuzsa reagiert nicht. Gandolf zieht sie hoch, sie läßt es geschehen. Er nimmt sie in den Arm und dreht sich mit ihr im Takt des Walzers im Kreis. Sie läßt ihn gewähren, aber sie hat kaum Kraft, sich mit ihm im Kreis zu drehen.

Gandolf: Mit wem habe ich das Vergnügen?

Zsuzsa: *(müde)* Zsuzsa.

Gandolf: *(singt leise)* Wiener Blut! Wiener Blut! Eig'ner Saft, voller Kraft, voller Glut! *(Zu Zsuzsa, während er mit ihr tanzt.)* Wenn ich mich vorstellen darf? Mein Name ist Lou Gandolf, Tenor. Bis 1944 am Städtischen Operettenhaus Budapest. *(Er singt weiter)* Wiener Blut! Seltenes Gut! Du erhebst und belebst unsern Mut!

Zsuzsa: *(müde)* Für Juden ist das Tanzen verboten.

Gandolf: Ich bin kein Jude, nicht einmal ein halber. Ich bin irrtümlich in diese grauenhafte Sache geraten. Ich bin hier die falsche Besetzung. Es ist alles ein

Irrtum. Ich wurde während einer Aufführung hinter der Bühne verhaftet. Ich durfte nicht mehr in die Garderobe, um mich umzuziehen. Keiner hat mir zu meinem fulminanten Auftritt gratuliert, niemand hat sich von mir verabschiedet. Ein Blumenstrauß lag noch beim Portier, aber es wurde mir verwehrt, ihn abzuholen. Es ist eine Verwechslung. Wie in einer Operette. Wie in „Wiener Blut". Da werden auch ständig alle mit allen verwechselt. Aber am Ende löst sich alles in Freude und Wohlgefallen auf.

Gandolf dreht sich noch ein paar Mal mit Zsuzsa im Kreis, dann löst er sich von ihr und verbeugt sich vor ihr.

Gandolf: Dankeschön. Dankeschön. Sie haben mir eine große Freude gemacht.

Zsuzsa wankt. Gandolf geleitet, oder besser gesagt, schleppt sie an ihren Platz zurück. Sie sinkt erschöpft auf den Boden. Ein Häftling, der Geiger Raphael Glasberg, steht an der Wand und spielt eine kurze Melodie auf seiner Geige.

Viktor Heller: *(schreit)* Aufhören! Der soll aufhören mit seiner Melodie! Immer, wenn er seine Melodie spielt, ist einer von uns tot. Der ist ein Todesengel.

Gandolf geht zu Viktor Heller hin.

Gandolf: Denken Sie doch an das Licht am Ende der Finsternis. Warum immer gleich das Furchtbarste annehmen? Sie haben uns doch sicher nicht tagelang marschieren lassen, um uns dann zu ermorden. Sie haben etwas anderes mit uns vor. Wahrscheinlich bringen Sie uns an die Schweizer Grenze.

Der Schneider: No, vielleicht deportieren sie uns so lang, bis wir wieder ankommen in Budapest. Mecht ich nix dagegen haben.

Gandolf: Das Kriegsende rückt näher und näher, wir werden doch immer wertvoller für sie. Sie werden uns gegen deutsche Kriegsgefangene austauschen, das werden sie tun.

Schweigen. Der Geiger legt seine Geige an und spielt wieder die kurze Melodie.

VIKTOR HELLER: *(schreit)* Aufhören! Der soll aufhören!

Schweigen. Gandolf geht zum abseits stehenden Geiger.

GANDOLF: Warum spielen Sie uns mit Ihrer Geige nicht etwas anderes vor? Etwas Schönes, Leichtes, Beschwingtes?

Der Geiger betrachtet Gandolf in seinem zerschlissenen Operettenkostüm, dann spielt er einen schier endlosen, schrecklichen Ton auf seiner Geige. Die große Stadeltür geht langsam und ächzend auf. Alle verstummen und schauen zur Tür, auch der Geiger. Eine junge Magd aus dem Dorf, Leopoldine Schrabacher, die Poldi genannt wird, tritt ängstlich um sich schauend in den Stadel. Sie trägt einen geflickten Mantel und ein Kopftuch. Schweigen. Sie hält eine Photographie in der Hand.

GANDOLF: *(freundlich)* Guten Abend!

Gandolf summt ein paar Takte von „Wiener Blut".

POLDI: Wer san denn Sie?

GANDOLF: *(lächelnd)* Oh, ich bin hier am falschen Ort und es ist alles ein Irrtum.

POLDI: Man hat uns gsagt, daß sie alle Verbrecher sind, und daß wir auf jedn Fall im Haus bleiben solln, wegen der Gefahr.

GANDOLF: Ich bin nicht kriminell, ich bin Operettensänger. Lou Gandolf, mein Name. Ich war am Städtischen Operettenhaus in Budapest engagiert, meistens in der Titelrolle. Sie haben vielleicht schon von mir gehört?

POLDI: *(fassungslos)* Na.

GANDOLF: Ich bin auch außerhalb Ungarns bekannt. Ich habe im Laufe meiner Karriere etliche Gastauftritte absolviert. In Linz, in Graz, in Klagenfurt.

Poldi: Darf ich Ihnen bitte was zeigen?

Poldi zeigt Gandolf ihre Photographie.

Poldi: Ich wollt fragen, ob Sie vielleicht meinen Verlobten kennen? Den Rössler Karl. Vielleicht haben Sie gehört von ihm, wo Sie so viel herumkommen.

Gandolf nimmt die Photographie und hält sie ins Mondlicht. Sie zeigt den Verlobten der jungen Magd, der eine SS-Uniform trägt.

Poldi: Er is nämlich bei der SS. Die letzte Feldpostkarte is von der rumänisch-ungarischen Grenze gekommen, vor einem halben Jahr. Der Bauer hat für mich im Atlas nachgschaut, wo das is.

Gandolf: Wir waren die letzten Monate nicht weit von hier, verehrtes Fräulein, an der österreichisch-ungarischen Grenze. Zu Schanzarbeiten. Es war scheußlich. Glauben Sie mir, es war wirklich scheußlich. Ihrem Verlobten sind wir dort nicht begegnet.

Gandolf gibt ihr die Photographie zurück. Poldi geht zu einem anderen Häftling, zu Viktor Heller, und zeigt ihm die Photographie. Er wendet sich beim Anblick des jungen Mannes in SS-Uniform stumm ab. Ein altes Ehepaar, Hannah und Jakob König, sitzt eng umschlungen auf einer Bank. Hannah König löst sich von ihrem Mann, steht auf und geht zu Poldi hin.

Jakob König: Laß mich nicht aus, Hannah.

Jakob König steht auf und geht seiner Frau ein paar Schritte nach, er beginnt zu wanken.

Jakob König: Unter mir tut sich ein Abgrund auf, Hannah.

Hannah König: Beruhige dich, Jakob. Ich halte dich gleich wieder fest. *(Zu Poldi)* Wissen Sie vielleicht, was draußen los ist? Ist der Krieg bald vorbei?

Poldi: Ich weiß net. Die Herren Offiziere sind alle im Schloß und feiern. Ich weiß aber nicht, was. Sie haben glacht, wie ich gfragt hab, wann mein Verlobter wieder heimkommt. Bitte, auf so was lacht man doch nicht.

Hannah König nimmt die Photographie und schaut sie an. Dann schaut sie Poldi an.

Hannah König: Wie alt ist Ihr Verlobter?

Poldi: Dreiundzwanzig, er und i sind der gleiche Jahrgang.

Hannah König: Unsere jüngste Tochter ist auch in Ihrem Alter. Vor dem Transport haben sie uns alle persönlichen Sachen weggenommen, auch die Photos. Dann wurden wir voneinander getrennt. Wir haben seit zwei Jahren nichts mehr von ihr gehört.

Jakob König: Hannah, frag doch das Fräulein, ob sie unsere Esther gesehen hat? Sie hat diese gedrehten Locken und ihr Lachen hört man schon von weitem. Sie spielt wunderbar Klavier. Wie oft haben wir vierhändig Klavier gespielt. Sag das dem Fräulein, Hannah.

Hannah König: Gewiß Jakob, das werde ich tun, gewiß.

Schweigen. Hannah König gibt Poldi die Photographie zurück.

Hannah König: Man darf die Hoffnung auf ein Wiedersehen nie verlieren.

Hannah König geht wieder zu ihrem Mann und hilft ihm zurück auf die Bank. Poldi geht zum Geiger, der etwas abseits an der Stadelwand lehnt, und zeigt ihm die Photographie. Er schaut Poldi schweigend an.

Poldi: Er hat mir versprochen, daß er wieder zruckkommt. Wie er eingrückt is, hat er gsagt, seine Ehre heißt Treue. Das sagen die so in seiner Einheit. Er steht treu zum Führer, aber zu mir a, um nix weniger.

Der Geiger legt seine Geige an und spielt seine kurze Melodie. Poldi beginnt zu weinen.

Poldi: Was soll ich denn ohne ihn machen? Ich bin ja Magd, es nimmt mich ja kein anderer mehr, weil ich dem Karli seine war. Dann muß ich mein Lebtag in den Dienst gehen, immer nur für die andern arbeiten. Und am End muß i froh sein, wenn mir wer was zum Essn gibt und an Platz zum Schlafen. Ein Mensch wie ich is doch auch ein Mensch, vor allem, wenn er einen Mann neben sich hat. Den Karli.

Der Geiger schweigt. Poldi schneuzt sich. Plötzlich kippt Lou Gandolf mitten im Stadel um. Poldi geht zu ihm hin.

Poldi: *(erschrocken)* Was fehlt Ihnen denn?

Gandolf: *(flüsternd)* Ich habe seit Tagen nichts gegessen.

Poldi steckt ihre Photographie ein und geht langsam zur Stadeltür. Sie dreht sich immer wieder um und schaut zu Gandolf. Sie verläßt den Stadel und schließt das Tor. Stille. Zsuzsa geht zu Gandolf hin.

Zsuzsa: *(besorgt)* Herr Gandolf?

Gandolf richtet sich auf.

Gandolf: Ja, Fräulein Zsuzsa?

Er lächelt. Schweigen.

Zsuzsa: Was wird mit uns geschehen, Herr Gandolf?

Gandolf: Sie haben es doch gehört. Das Kriegsende steht unmittelbar bevor.

Zsuzsa: Werden Sie uns erschießen?

Gandolf steht wieder auf.

Gandolf: Die Finsternis ist bald vorüber, das Licht ist vor uns. Singen Sie mit mir „Wiener Blut". *(Er singt)* Wiener Blut, Wiener Blut ...

Zsuzsa: Ich kann nicht mehr singen.

Gandolf: Dann schließen Sie Ihre Augen und summen Sie.

Er summt die Melodie von „Wiener Blut".

ZSUZSA: Wenn ich die Augen schließe, gehts mir noch schlechter.

Schweigen. Der Geiger legt wieder seine Geige an und beginnt seine Melodie zu spielen.

HANNAH KÖNIG: *(überraschend laut)* Darf ich den Herrn mit der Geige inständig bitten, von seinem Spiel abzusehen. Ich bitte Sie!

Der Geiger zögert.

VIKTOR HELLER: *(ruft in den Raum)* Kann endlich Ruhe sein!

Schweigen. Plötzlich erheben sich zwei Häftlinge, Imre Landau und Milli Moskovics, und machen sich an einem Gitter, das im Boden des Stadels eingelassen ist, zu schaffen. Sie heben unter größter Anstrengung das Gitter hoch, kriechen in den Schacht und verschwinden. Einige Häftlinge, unter ihnen der Schneider, gehen zum Gitter und schauen in den Schacht.

DER SCHNEIDER: Wenn dieser Abgrund kein Ausgang hat, mecht das eine sehr kurze Flucht sein.

Im Stadel wird es dunkel.

2. AKT
SAMSTAG, 28. APRIL 1945
AM MORGEN

Das Licht der starken Frühlingssonne fällt durch die desolaten Stellen im Dach ins Innere des Stadels. Die Häftlinge liegen frierend und hungernd am Boden, einige versuchen sich in die Sonnenstrahlen zu drehen. Ein paar lehnen an der Stadelwand und starren vor sich hin, unter ihnen der Geiger. Lou Gandolf sitzt neben Zsuzsa Breuer. Hannah und Jakob König kauern auf der Bank und halten sich aneinander fest. Plötzlich wird das Gitter, das in den Boden des Stadels eingelassen ist, von unten angehoben. Imre Landau kriecht durch den Spalt zurück in den Stadel. Er ist völlig verdreckt und läßt sich erschöpft auf den Boden fallen. Der Schneider geht zu ihm hin. Imre Landau atmet schwer.

DER SCHNEIDER: Was is gewesen?
IMRE LANDAU: *(verstört)* Sie sind im Wald.
DER SCHNEIDER: Wer? Soldaten?
IMRE LANDAU: Keine Soldaten, im Wald sind Jäger versteckt. Sie schießen auf uns.
Schweigen.
DER SCHNEIDER: Und die andere?
Schweigen.
VIKTOR HELLER: *(ruft in den Raum)* Sie haben sie hoffentlich erwischt. Sonst lassen sie uns beim Appell wieder stundenlang stehen oder erschießen einen von uns.
Der Geiger, der an der Stadelwand lehnt, legt seine Geige an und spielt die kurze Melodie. Viktor Heller geht zum Geiger hin und drückt ihm die Hand mit der Geige nach unten. Schweigen. Jakob König, der in den Armen seiner

Frau Hannah liegt, gibt Geräusche der Unruhe, des Jammerns von sich und wacht erschrocken auf.

Jakob König: *(aufgeregt)* Hannah, Hannah! Haben wir die Nacht überlebt?

Hannah König: Beruhige dich, mein Jakob, beruhige dich. Hast du schlecht geträumt?

Plötzlich lacht Jakob König, wenn auch auf eine seltsame Art und Weise.

Jakob König: Aber nein. Wir sind auf dem Balkon unseres Hauses gesessen und haben gefrühstückt.

Edvin Javor: *(ruft in den Raum)* Buttersemmeln?

Viktor Heller: *(ruft zurück)* Aufhören!

Jakob König: Wunderbar gefrühstückt.

Er lacht auf seine merkwürdige Weise.

Der Schneider: Mecht ich den älteren Herren bitten, nicht von Frühstück zu reden, das mecht nur den Appetit steigern ins Unermeßliche. Weil aber nichts in Aussicht is, mecht die Verzweiflung noch unermeßlicher sein.

Vor dem Stadel hört man Geräusche. Die Häftlinge starren ängstlich zur Stadeltür. Die Stadeltür geht auf. Das Licht der Frühlingssonne fällt in den Stadel. Die Magd Poldi kommt mit einer Bäuerin aus dem Dorf, Traudl Fasching, in den Stadel. Traudl Fasching hat einen kleinen Korb mit ein paar Kartoffeln bei sich. Sie schließen die Stadeltür. Schweigen. Traudl Fasching beobachtet erschrocken die verdreckten Gestalten. Gandolf steht auf.

Poldi: *(zeigt auf Gandolf)* Das is er.

Traudl: *(fängt sich)* Grüß Gott. Die Poldi hat mir gesagt, hier gibts wen, der hat schon seit Tagen nix gegessen.

Die Häftlinge schauen sie fassungslos an. Schweigen. Traudl Fasching stellt den kleinen Korb mit den paar Kartoffeln vor sich auf den Boden. Die Häftlinge kriechen auf sie zu oder schleppen sich zu ihr hin. Sie fallen über die wenigen Kartoffeln her, balgen sich darum, drängen sich gegenseitig weg. Einige schlagen dem nächsten die ergatterte Kartoffel aus der Hand. Der Geiger bleibt an der Stadelwand stehen, starrt vor sich hin und beteiligt sich nicht an dem Kampf. Die Häftlinge essen die rohen Kartoffeln mit beispielloser Gier. Auch Zsuzsa und Hannah König haben eine ergattert. Hannah König bringt die Kartoffel zu ihrem Mann. Traudl Fasching und Poldi beobachten voller Entsetzen die Szene, die sich vor ihnen abspielt.

TRAUDL: Um Gottes Willen, die sind ja roh, davon bekommts ihr Durchfall oder noch Schlimmeres.

GANDOLF: *(der mit Heißhunger in eine Kartoffel beißt)* Ach, ist diese Kartoffel gut, exzellent.

TRAUDL: Habts ihr nix zum Kochen?

GANDOLF: Wir haben nichts, nichts. Vor ein paar Tagen sind die Bewacher von der SS verschwunden und haben alles mitgenommen, auch den Feldofen. Seither treiben uns die Volkssturmleute von Dorf zu Dorf, ohne Essen.

POLDI: *(zu Traudl)* Das ist der Sänger vom Operettenhaus. Der is auf einmal umgfallen.

Gandolf ißt weiter seine Kartoffel und macht eine Verbeugung vor Traudl.

GANDOLF: Wenn ich mich vorstellen darf, mein Name ist Lou Gandolf. Ich bin Nichtjude und Tenor.

TRAUDL: Fasching. Traudl. Ich bin Bäuerin.

GANDOLF: Wenn Sie mir erlauben, möchte ich Ihnen als Dank für diese grandiose Kartoffel etwas vorsingen. Darf ich?

TRAUDL: *(schaut ihn fassungslos an)* Singen? Jetzt?

Gandolf räuspert sich und beginnt mit ausladenden Gesten und mit dem Rest der Kartoffel in der einen Hand zu singen.

Gandolf: *(singt)*

Wiener Blut!
Wiener Blut!
Eig'ner Saft,
voller Kraft,
voller Glut!
Wiener Blut!
Seltenes Gut!
Du erhebst
und belebst
unsern Mut!

Einige Häftlinge kauen an ihren Kartoffeln. Einige schauen auf und hören ihm zu.

Gandolf: *(singt)*

Wiener Blut!
Wiener Blut!
Was die Stadt
Schönes hat,
in dir ruht!
Wiener Blut,
heiße Flut.
Allerort
gilt das Wort:
Wiener Blut!

Gandolf verbeugt sich.

Traudl: Jetzt haben wir a schönes Lied ghört und jetzt geh ma wieder. Komm, Poldi.

Gandolf geht ihr nach.

Gandolf: Die Musik bewegt Ihr Herz, liebe Frau? Wie schön. *(Er schaut auf den Rest seiner Kartoffel.)* Und von diesen Prachtexemplaren gibt es noch mehrere?

Traudl: Wir haben eine gute Ernte ghabt.

Gandolf: Wie erfreulich. *(Er lächelt sie an.)* Und Sie möchten noch mehr Musik hören?

Traudl: Früher hab ich gern Radio ghört. Heut will i nix mehr hören.

Poldi: Die Bäuerin dreht bei der Sendung „Allerlei von 2 bis 3“ immer gleich ab.

Schweigen.

Gandolf: *(zu Traudl)* Was haben Sie denn früher gerne gehört? Operette?

Traudl: Früher is lang her.

Gandolf: Da muß ich Ihnen recht geben. Es ist erst ein paar Monate her, daß ich auf der Bühne gestanden bin, aber manchmal kommt es mir vor wie eine Ewigkeit. Doch plötzlich, als ich Ihnen vorsingen durfte, war alles wieder da. Die Musik, das Operettenhaus.

Traudl: Mein Mann hat mir immer versprochen, daß er einmal mit mir in die Stadt in die Oper fahrt. Aber es is nie was draus gworden.

Gandolf: Was nicht ist, kann noch werden.

Traudl: Jetzt nimmer. Sie haben die Oper schon im Herbst geschlossen. Und vor ein paar Wochen ist bei einem Fliegerangriff eine Bombe in die Oper gfallen.

Gandolf: Eine Bombe? Mitten in die Oper? Ein Verbrechen!

Traudl: Ja, das waren die Engländer, die stehen schon in Italien. Jetzt zu Ostern hats einen Angriff geben. Mitten in der Auferstehung war Fliegeralarm. Alle sind aus der Kirchen grennt.

Poldi: Unser Herr Jesus is ganz allein zrückgeblieben.

Gandolf: *(zu Traudl)* Die Alliierten kommen also immer näher, Frau Fasching?

Traudl: Schauens, Herr Sänger, i weiß ja net, was ihr für Leut seids, aber i will keinen Krieg. Ich hab nie einen wollen. Mit niemanden. Das Leben is doch ganz was anders. Viel Arbeit, oft a Unglück, ab und zua a Lachen, a bisserl Musik.

Gandolf: Viel Musik.

Traudl: Wenns geht, aber es geht halt nicht immer.

Gandolf: Sie ahnen ja gar nicht, liebe Frau Fasching, was alles möglich ist. Da Ihr Mann bis jetzt verhindert war und das hiesige Opernhaus geschlossen ist, könnte ich, könnten wir Ihnen die Freude einer kleinen Operettenaufführung machen.

Traudl: *(lacht)* Eine Aufführung? Für mich? Das kann i mir nicht vorstellen. *(Sie stößt Poldi in die Seite.)* Du a net Poldi, was?

Poldi: Na.

Traudl: Wo denn?

Gandolf: Hier in diesem Stadel. Eine Privatvorstellung, sozusagen. Selbstverständlich den Umständen entsprechend.

Der Schneider zieht Gandolf zur Seite.

Der Schneider: *(halblaut)* Mecht ich den Herrn Operettensänger und Nichtjuden was fragen. Wie weit mecht er seine Verrücktheit noch treiben? Bis wir sind ganz in einer anderen Welt? Muß ich Ihnen verraten a Geheimnis: Es gibt nur diese.

Gandolf: *(zu Traudl)* Vom Umfang meiner Stimme haben Sie ja bereits einen ersten Eindruck gewonnen. Aber es gibt ein kleines Problem bei der Realisierung unseres gemeinsamen Planes. Können Sie uns vielleicht weiterhelfen?

Traudl: Ein Problem?

Gandolf: Um dieser Vorstellung eine wenig Professionalität zu verleihen, wäre ein Klavier sehr nützlich.

Traudl: Ein Klavier?

Gandolf: Wenn es irgendwie möglich wäre.

Traudl: Sie braucherten ein Klavier? Jetzt gleich?

Gandolf: *(lächelnd)* Einen Geiger haben wir schon. Ihn.

Er zeigt auf den Geiger, der an der Stadelwand lehnt und geht zu ihm hin. Der Geiger starrt Gandolf an. Gandolf greift in die Tasche seines zerschlissenen Operettenkostüms und zieht eine Kartoffel heraus. Offensichtlich hat er eine zweite Kartoffel gehortet. Er hält dem Geiger die Kartoffel hin.

Gandolf: *(zum Geiger)* In Anbetracht der Verhältnisse ist das keine schlechte Gage.

Der Geiger schlägt ihm die Kartoffel aus der Hand. Poldi geht zu den beiden, hebt die Kartoffel auf und reicht sie dem Geiger.

Poldi: Das muß i dem Herrn Geiger schon sagen, jeder Mensch is a Mensch, aber wenn er nix ißt, is er bald keiner mehr.

Der Geiger starrt Poldi an und nimmt die Kartoffel. Gandolf und Poldi gehen zurück zu Traudl.

Gandolf: *(zu Traudl)* Ich muß mich entschuldigen. Mein Ensemble ist nicht in der allerbesten Verfassung. Wir waren ja die letzten Monate aller Auftrittsmöglichkeiten beraubt.

Traudl: Mein Gott, das kenn ich. Ich hab ja selber ein bissel auf der Zither herumgezupft.

Gandolf: Sie sind auch Musikerin?

Traudl: Früher mehr, heut gar nimmer. *(Sie lacht.)* Man ist ja aller Auftrittsmöglichkeiten beraubt.

Die Stadeltür geht auf. Stefan Fasching, der Mann von Traudl, kommt in einem etwas merkwürdigen Aufzug in den Raum, er trägt eine Mischung aus Privatkleidung und geflickten Uniformteilen. Am Arm trägt er eine Binde des Volkssturms. Er geht hinkend in den Stadel. Die Häftlinge starren ihn verängstigt an.

Traudl: Das is nur mein Mann, der Stefan.

Stefan: *(zu Traudl und Poldi)* Was machts denn da? Seids ihr narrisch worden? Ihr wißts, daß man denen nix geben darf. Die gehen euch nix an. Die werden sowieso weggebracht.

Traudl: Gut, daß du kommst. Diese Leut habn ein Problem.

Stefan: Bald habens kans mehr.

Er macht die Geste des Halsabschneidens. Schweigen. Der Geiger legt seine Geige an und spielt seine kurze Melodie.

Stefan: Wer is der?

Traudl: Sie haben ihren eigenen Geiger mit. Aber sie brauchen unbedingt ein Klavier!

Stefan schaut sie verständnislos an.

Stefan: Wos? Wos brauchens?

Traudl: Ein Klavier. Du hast schon richtig ghört.

Stefan: Ich scheiß mich an. Die bolschewistische Horde bedroht unsre Heimat, und das Gesindel braucht ein Klavier?

Traudl: Du kannst ihnen doch helfen!

Stefan lacht auf.

Stefan: Sonst noch was? Brauchens vielleicht a Orgel a?

Gandolf: Das wäre vermessen.

Stefan: Wer is der?

Traudl: Das is der Herr Gandolf aus Budapest, ein Operettensänger.

Stefan: A dreckiger Jud is er.

Gandolf: Da muß ich widersprechen. Ich bin kein Jude, ich bin Tenor.

Stefan: Kusch!

Traudl: Es is doch eins da!

Stefan: Was?

Traudl: No, a Klavier.

Gandolf: Wo?

Traudl: Dort hinten, habts nix bemerkt? *(Sie zeigt auf Stefan)* Die Städter habens bei ihm gegen Speck und Eier eintauscht.

Traudl geht mit Poldi nach hinten. Sie schieben ein Klavier, ein hellbraunes Pianino in devastiertem Zustand, in den Raum.

Stefan: *(schreiend zu Traudl)* Bist narrisch! Glaubst du, ich hab das Klavier vor die Russen versteckt, damits jetzt die Juden kriegen?

Stefan Fasching hinkt auf die beiden zu, stemmt sich gegen das Klavier und versucht, es wieder aus dem Raum zu schieben.

Gandolf: Ein Klavier!

Stefan: *(während er versucht, das Klavier hinauszuschieben)* Eine Schweinerei!

Traudl lacht und versucht gemeinsam mit Poldi, das Klavier zurück in den Raum zu schieben.

Gandolf: Es ist kaum zu glauben!

Stefan: *(schimpft vor sich hin)* Immer heißts, das Reichsgebiet is judenfrei und wo sans jetzt, die Juden? In mein eigenen Stadl. I sag zum Hochgatterer, Hochgatterer, sag i, du bist der Gendarm, sperr die Verbrecher in dein Gemeindekotter ein, und was sagt er? Da is net genug Platz, sagt er, die kommen in dein Stadl. Jetzt sans da und brauchen a Klavier! Gibts was Ärgeres?

Traudl und Poldi versuchen, das Klavier in den Raum zu schieben. Stefan hält dagegen.

Gandolf: So ein Glück!

Stefan: Des Unglück nimmt ka End!

Gandolf: Einen Dank dem Herrn!

Stefan: Herrgott noch einmal!

Stefan gibt auf. Traudl und Poldi schieben das Klavier in die Mitte des Stadels. Stefan schlägt mit dem Fuß voller Wut gegen das Klavier.

Stefan: *(schreit auf)* Au!

Traudl: Paß auf dein Fuß auf!

Gandolf: *(ruft voller Freude)* Ein Pianino! Veramente un piccolo piano!

Stefan: *(zu Traudl)* Du spinnst. Alle da herinnen spinnen.

Traudl: *(lacht und zeigt auf Stefan)* Er is nur ein bisserl durcheinand, aber er hat auch seine guten Seiten. Auch wenn ers in letzter Zeit nimmer herzeigt.

Gandolf zeigt stolz auf das Klavier und schaut in die Runde der Häftlinge.

Gandolf: Ich bitte unseren Pianisten um seinen Auftritt!

Schweigen. Niemand rührt sich.

Stefan: *(schüttelt den Kopf)* Das ist doch ein Witz. Das ist doch alles ein Witz. *(Zu Traudl)* Geh her da! Sonst kannst gleich dableiben und mit denen weitermarschieren.

Er nimmt Traudl an der Hand und will sie aus dem Stadel ziehen. Sie wehrt ihn ab und lacht.

Traudl: Was hast denn gegen a bisserl Musik? Is eh alles so traurig. Bald hör ma eh nur noch Stalinorgeln.

Stefan: *(deutet auf seine Armbinde)* Der russische Vormarsch wird an uns abprallen.

Traudl: Ja, bsonders an dir und dein hinigen Haxn.

Stefan: Ich habs bei Gott und bei meinem Vaterland geschworen. Der Führer ist bei uns, und wo der Führer ist, ist der Sieg!

Traudl: Die Russen besetzen Wien und der Dolm red von Sieg.

Die Häftlinge hören aufmerksam zu.

Stefan: Das durchschaust du net. Das is ein kluger Schachzug vom Führer, um den Feind zu verwirren. Aber was verstehts denn ihr Weiberleut.

Traudl: *(aufgebracht)* I versteh genug. Du hast an schlimmen Fuß. Dich habens in a gflickte Uniform gsteckt und a Gwehr umghängt, ohne Munition. Was willst du, willst sterben wie unser Bua?

Stefan: *(schreit)* Red net von unserm Buam. Net vor die Juden, die sind an allem schuld.

Traudl: *(zu Gandolf)* Seit er sich mit die Nazis zusammengetan hat, ist er immer blöder worden. Und jetzt kommt noch die Altersblödheit dazu.

Traudl lacht wieder.

Stefan: Lach du nur. Bald wirst nimmer lachen.

Stefan stellt sich etwas abseits und beobachtet seine Frau.

Traudl: *(zu Gandolf)* Man glaubt ja gar nicht, was das für ein lustiger Kerl war, früher. Wir haben miteinander im Gasthaus Musik gmacht, am Sonntag. Der Stefan mit der Harmonika und ich mit der Zither. Mein Gott, war das eine Gaude. Habts jetzt an Pianisten oder net?

Gandolf schaut hilfesuchend in die Runde der Häftlinge.

Gandolf: Ich bitte nun unseren Pianisten um seinen Auftritt. Nur keine Schüchternheit. Wir haben hier ein musikverständiges Publikum. *(Zum Schneider)* Was ist mit Ihnen?

Der Schneider: Hätt ich mein Geschäft bei mir, könnt ich einem Pianisten an erstklassigen Frack machen. Spielen müßt er selber.

Schweigen. Zsuzsa geht zu den Königs, die eng aneinandergeschmiegt auf der Bank sitzen.

Zsuzsa: Ihr Mann hat doch etwas gesagt von einem vierhändigen Klavierspiel?

Hannah König schaut auf.

Jakob König: *(verwirrt und aufgeregt)* Wer spielt hier Klavier, Hannah?

Hannah König: Beruhige dich, mein Liebster, beruhige dich.

Jakob König: *(richtet sich mühsam auf)* Wo sind wir, Hannah? Sind wir zu Hause?

Hannah König: Bald ist es soweit, mein Jakob, bald.

Jakob König: Ich muß ans Klavier, Hannah, hilf mir zum Klavier!

Er versucht, aufzustehen, es gelingt ihm nicht.

Hannah König: Bitte bleib sitzen.

Jakob König: Ich muß ans Klavier!

Zsuzsa und Hannah helfen ihm auf und führen ihn zum Klavier. Gandolf verbeugt sich vor Hannah und Jakob König.

Gandolf: Lou Gandolf, Ensemblemitglied des Budapester Operettenhauses.

Hannah König: *(stellt ihren Mann vor)* Das ist Dr. Jakob König, ehemals Professor für Latein und Altgriechisch am Gymnasium in Györ. Ich bin Hannah König, seine Frau.

Traudl: *(zu Stefan)* Hast gehört, Stefan? Der Herr is ein echter Professor.

Stefan: Ein Jud is er, sonst nix.

Traudl: Und du bist ein Depp, sonst nix.

Stefan: Jedem das Seine. Lieber a Depp als a Jud.

Hannah König: *(zu Gandolf)* Mein Mann hat nie professionell gespielt, nur für den Hausgebrauch. Aber das sehr schön.

Gandolf: Darf ich bitten, Herr Professor?

Jakob König: *(mit einer leichten Verbeugung)* Dankeschön.

Stefan: *(zu Traudl)* De werden immer narrischer und du machst bei so was mit. Das wird böse enden.

Schweigen. Jakob König reibt seine Finger, die durch die Kälte eingefroren sind, aneinander, um sie aufzuwärmen.

Jakob König: *(etwas verlegen)* Ich fürchte ... meine Finger sind völlig starr.

Gandolf: Haben wir eine Sitzgelegenheit für unseren Pianisten?

Gandolf schaut um sich. Traudl geht in die hintere Ecke des Stadels, zieht einen alten Melkschemel hervor und trägt ihn zum Klavier.

Traudl: Gehts damit?

Gandolf: Bestens.

Jakob König setzt sich ans Klavier. Er versucht, seine Hände mit seiner Atemluft anzuwärmen. Er schaut immer wieder zu seiner Frau. Sie lächelt ihn an.

Jakob König: *(schaut zu Gandolf)* Was soll ich spielen? Walzer?

Gandolf nickt aufmunternd und singt Jakob König den Walzer vor. Er macht dazu dirigierende Handbewegungen.

Gandolf: *(singt langsam)* Wiener Blut! Wiener Blut! Du erhebst und belebst unsern Mut! C-Dur.

Jakob König versucht, den Walzer „Wiener Blut" nachzuspielen. Schon beim dritten Ton, beim Wort „Blut", versagt die Taste. Er schlägt mehrere Male auf dieselbe Taste, aber es ist kein Ton zu hören. Er schaut seine Frau hilflos an.

Jakob König: Hannah, das Klavier ist kaputt.

Hannah König: Versuchs noch einmal, Jakob. Spiel für mich.

Er versucht es noch einmal, wieder ist kein Ton zu hören.

Gandolf: Das Klavier ist nur ein bißchen verstimmt. Wir müssen es nachstimmen. *(Zu Traudl)* Vielleicht können Sie uns ein Werkzeug zur Verfügung stellen?

Traudl geht in die hintere Ecke des Stadels und sucht nach Werkzeug. Sie findet eine große Zange, die für das Reparieren eines Traktors verwendet wird. Sie hält die Zange hoch.

Stefan: Machts nur so weiter. Machts nur so weiter.

Traudl: *(zu Gandolf)* Gehts damit?

Gandolf: Bestens.

Traudl gibt Gandolf die Zange.

Gandolf: *(während er die Zange hochhält)* Seien Sie unbesorgt. Die erste musikalische Probe ist immer voller Überraschungen.

Edvin Javor ist von der rohen Kartoffel schlecht geworden, er beginnt zu würgen. Stefan hinkt auf ihn zu und schreit.

Stefan: Du willst speiben? Von mir aus machts a Operetten, aber in mein Stadel speibst du net.

Er tritt mit dem Fuß nach ihm.

Poldi: Der kann nix dafür, der hat an rohen Erdäpfel gessen.

Stefan: Halts Maul! Du ghörst a schon zu die Juden.

Poldi: Wirklich net. I bin auf der Seitn von unsern Herrn Jesus.

Edvin Javor hat sich schnell in die hintere Ecke des Stadels verzogen.

Stefan: *(wütend zu Traudl)* Jetzt hab i genug von dem Irrsinn. Kommst jetzt mit oder net?

Traudl: Ja, i kumm schon. Jetzt wird er wirklich ungemütlich.

Gandolf: *(zu Traudl)* Wenn Sie morgen wiederkommen, werden Sie einen enormen künstlerischen Fortschritt feststellen.

Gandolf summt die Melodie von „Wiener Blut".

Gandolf: Sie kommen doch morgen?

Traudl: Ich werd doch Ihre Arie nicht verpassen.

Gandolf: *(macht eine kleine Verbeugung)* Es ist mir eine Ehre, für Sie zu singen. Würde es Ihnen etwas ausmachen, für mich und mein Operettenensemble etwas Eßbares mitzubringen?

Traudl: *(lacht)* Aber ja, ein leerer Bauch musiziert nicht gern.

Stefan: *(von der Stadeltür)* Geh endlich her da! Sonst meld ich alles der Partei.

Traudl geht zu Stefan.

Stefan: *(zu Poldi)* Und du kommst a mit!

Poldi: I komm gleich nach.

Stefan: Wirst schon sehen, was passiert, wenn sie dich bei denen da erwischen.

Stefan und Traudl gehen ab.

Poldi: *(verlegen zu Gandolf)* Herr Gandolf, ich muß Ihnen was sagn.

Gandolf: Ja, mein Fräulein?

Poldi: Ich hab immer bei den Passionsspielen mitgmacht. Aber jetzt sind ja alle an der Front. Der Herr Jesus und die zwölf Apostel und die Hohepriester, alle, und es gibt keine Passionsspiele mehr.

Gandolf: Noch eine Kollegin?

Poldi: Ich kann nur ein bissel Gitarre spielen, aber meine Gitarre hat nicht mehr alle Saiten und außerdem sinds ein bissel verrostet.

Gandolf: *(lächelt)* Das ist kein Problem. Sie sind sofort engagiert.

Poldi lächelt. Die Stadeltür geht wieder auf. Alle schauen zur Tür. Der Dorfgendarm, Anton Hochgatterer, betritt mit einem Gewehr über der Schulter den Stadel. Die Häftlinge stellen sich in einer Reihe auf und senken ihr Haupt. Gandolf nimmt Poldi schnell am Arm und stellt sie in die Reihe der Häftlinge. Er zieht ihr das Kopftuch ins Gesicht. Poldi läßt es geschehen und schaut ängstlich zu Boden. Der Gendarm zählt alle ab.

Der Gendarm: Zehne. Zehne habn wir übernommen und zehne transportier ma weiter. Paßt.

Er nimmt eine Liste aus seiner Brusttasche, schreibt die Zahl auf und verläßt wortlos den Stadel. Schweigen.

Gandolf: *(erleichtert zu Poldi)* Sie sind eine wertvolle Stütze für unser Ensemble.

Poldi: *(erleichtert)* Er hat mich net erkannt, oder?

Gandolf: Nein, nein. Er hat gedacht, Sie gehören zu uns Künstlern.

Poldi kichert.

Poldi: Dann komm ich morgen zur Probe. Wann fangts denn an?

Gandolf: Kurz nach dem Mittagessen. Und wenn Sie der lieben Frau Fasching sagen, daß Sie auf dasselbige nicht vergessen möchte.

Poldi: Mach ich.

Poldi verläßt lächelnd den Stadel.

Gandolf: *(heiter)* Zehn. Nicht schlecht. Zehn ist gut. Ich bin schon mit kleineren Ensembles aufgetreten.

Gandolf geht zum Klavier, öffnet den oberen Deckel und schaut ins Innere des Klaviers. Jakob König stellt sich neben ihn und hält sich am Klavier fest.

Jakob König: *(zu Gandolf)* Was denken Sie, wann werden sie uns holen?

Gandolf: Helfen Sie mir. Wir müssen eine Aufführung vorbereiten.

Gandolf zieht mit der Zange einige Saiten nach. Er bittet Jakob König, sich ans Klavier zu setzen und die entsprechenden Tasten zu spielen. Es klingt völlig verstimmt. Gandolf zieht immer wieder Saiten mit der Zange nach, Jakob König drückt die Tasten, es klingt nicht besser. Jakob König steht auf und geht erschöpft zu seiner Frau.

Jakob König: Hannah, wir werden niemals zu Hause ankommen.

Hannah König: Beruhige dich, mein Jakob, beruhige dich.

Gandolf gibt auf. Er setzt sich neben das Klavier auf den Boden, schweigt und starrt vor sich hin. Zsuzsa setzt sich neben ihn und schaut ihn an.

ZSUZSA: Herr Gandolf?

Gandolf reagiert nicht und starrt vor sich hin.

ZSUZSA: Ich bin aus unserem Dorf weggegangen, nach Budapest. Dort habe ich in einem Kontor gearbeitet, tagsüber. Am Abend habe ich Stunden genommen, moderner Ausdruckstanz bei Nina Gabor, sie war eine berühmte Lehrerin, ein wenig Gesang habe ich auch studiert. Wie oft bin ich am Bühnenausgang des Orpheum gestanden, um einen Blick auf die Künstler zu erhaschen. Ich hatte schon ein paar Autogramme gesammelt. Dann durfte ich das Konservatorium nicht mehr besuchen. Für uns Juden war plötzlich Singen und Tanzen verboten. Sollen wir es weiter probieren mit dem Klavier? Wir lassen uns das Musizieren nicht mehr verbieten, was meinen Sie?

Gandolf reagiert nicht und starrt vor sich hin. Der Geiger legt die Geige an und spielt die kurze Melodie. Im Stadel wird es dunkel.

3. AKT
SONNTAG, 29. APRIL 1945
ZU MITTAG

Das Licht fällt wieder durch die desolaten Stellen im Dach auf die Häftlinge im Stadel. Obwohl es gegen Mittag ist, ist es ein eher düsteres Licht. Draußen ist ein bewölkter, windiger Tag. Einige Häftlinge liegen am Boden, ein paar lehnen an der Stadelwand, unter ihnen der Geiger. Manche beobachten – mehr oder weniger apathisch – die Vorgänge beim Klavier: Jakob König sitzt am Melkschemel vor dem Klavier und legt seine Hände zum Spiel auf die Tasten, Hannah König steht neben ihm. Gandolf und Zsuzsa stehen beim Klavier, Zsuzsa mit der Zange in der Hand.

Hannah König: Möchtest du dich wieder hinlegen, Jakob? Du sitzt bestimmt schon eine Stunde am Klavier.

Jakob König: Nicht jetzt Hannah, nicht jetzt. Wir sind am Weg nach Hause.

Plötzlich wird das Gitter, das in den Boden des Stadels eingelassen ist, von unten angehoben. Milli Moskovics kriecht aus dem Schacht zurück in den Stadel. Ihre Kleidung ist vollkommen zerrissen. Sie ist voller Dreck und hat blutige Kratzspuren am Körper. Sie geht langsam auf Imre Landau, mit dem sie gemeinsam geflüchtet ist, zu.

Milli Moskovics: Warum hast du mich allein gelassen, da draußen?

Schweigen. Sie läßt sich auf den Boden fallen und rührt sich nicht.

Der Schneider: Zwei habens versucht, keiner hats geschafft, is a schlechte Bilanz.

Schweigen.

Gandolf: Wir machen weiter. Kommen Sie, wir machen weiter.

Jakob König beginnt zu spielen. Das Klavier funktioniert nicht besonders gut, aber schon etwas besser. Jakob König spielt den Anfang des Walzers „Wiener Blut". Einige Häftlinge hören zu. Gandolf beginnt zu singen.

Gandolf: *(singt)*

Wiener Blut!
Wiener Blut!
Eig'ner Saft,
voller Kraft,
voller Glut!
Wiener Blut!
Seltenes Gut!
Du erhebst
und belebst
unsern Mut!

Zsuzsa summt mit.

Jakob König: Hast du das gehört, Hannah? Es ist beinahe wie zu Hause.

Hannah König: Mein Jakob, ach, mein Jakob.

Die Stadeltür geht auf, Traudl Fasching kommt mit einem Leiterwagen, über den eine Decke gebreitet ist, in den Stadel. Alle schauen zu ihr.

Traudl: *(singt)* Wiener Blut! Wiener Blut! Eig'ner Saft, voller Kraft, voller Glut! *(Sie lacht.)* Man hört euch ja schon von weitem. Wißts das Neueste? In Wien solln schon die jungen Russen mit die feschen Wienerinnen am Ring tanzen. Es wird ja soviel gredt in die letzten Tag. Im Reichssender hat der Goebbels gsagt, Wien wird wieder deutsch. Nix Genaues weiß man.

Hannah König: In Wien ist der Krieg zu Ende?

Traudl: Wenns tanzen, werdens wohl kan Krieg mehr führen.

Ein Raunen geht durch die Häftlinge. Die am Boden Liegenden stehen auf und gehen langsam auf Traudl zu. Die an der Stadelwand Lehnenden kommen ebenfalls näher, außer dem Geiger, der sich nicht von seinem Platz an der Wand wegbewegt. Die Häftlinge schauen Traudl an. Schweigen.

Traudl: Ah, jetzt hätt ich fast das Wichtigste vergessen.

Sie zieht die Decke vom Leiterwagen. Zwei schwarze Instrumentenkoffer und ein großer Kochtopf kommen zum Vorschein.

Traudl: Die Suppn! Hoffentlich is noch a bisserl warm. Ich habs vorm Heraufbringen noch einmal stark aufgekocht.

Traudl hebt den Deckel vom Kochtopf. Die Häftlinge versammeln sich um den Leiterwagen und bleiben – beinahe andächtig – vor dem Topf stehen. Traudl nimmt einen Schöpfer und rührt die Suppe um.

Edvin Javor: Verzeihen Sie, könnten Sie das noch einmal machen?

Traudl: Was?

Edvin Javor: Die Suppe umrühren, bitte.

Traudl: *(etwas verwundert)* Wenns wollen.

Edvin Javor: Bitte.

Traudl rührt die Suppe um. Die Häftlinge schauen andächtig zu.

Edvin Javor: Für uns Juden wurde im Lager nie eine Suppe umgerührt. Oben war nur das dünne Suppenwasser, und das haben wir bekommen. Das Drunterliegende, die Kartoffelschalen oder die Rüben, waren den Kriminellen und den Asozialen vorbehalten.

Traudl rührt weiter um.

Traudl: Jetzt is aber anständig umgrührt. Haltets euer Gschirr bereit, es wird austeilt.

Traudl teilt Suppe aus, das heißt, sie füllt mit dem Schöpfer ein Menagegeschirr nach dem anderen. Die Häftlinge essen die Suppe, manche machen kleine Schlückchen, andere haben einen Löffel, wieder andere stecken einen Finger in die Suppe und schlecken ihn ab, um das Unbeschreibliche möglichst lange auszukosten. Hannah König füttert ihren Mann mit dem Löffel.

Jakob König: Hannah, immer habe ich meinen Gymnasiasten gesagt, das Höchste im Leben sei der Geist der Antike. Das war ein Irrtum. Das Höchste ist diese Suppe.

Hannah König: Du lächelst, mein Jakob, seit Monaten lächelst du wieder einmal.

Jakob König: Tatsächlich? Der nächste Löffel gehört dir, Hannah. Immer vergißt du auf dich.

Hannah König: Tatsächlich?

Er nimmt den Löffel mit Suppe und füttert seine Frau. Sie nimmt einen Löffel mit Suppe und füttert ihn.

Traudl: Was is denn mit unserem Geiger? Hat der kan Hunger?

Sie zeigt auf den Geiger, der an der Wand lehnt und nicht zur Suppenausgabe kommt. Der Geiger schweigt.

Traudl: Was hat er denn? Is er ein Stummerl?

Gandolf: *(zu Traudl)* Künstler sind manchmal ein bißchen kompliziert. Aber Sie werden sehen, in unserer Aufführung wird er grandios sein.

Traudl: Ich kann ihm ja a Suppen zur Seiten stellen. Vielleicht ist er später weniger kompliziert.

Stefan Fasching kommt aufgebracht in den Stadel. Er trägt einen schwarzen Sonntagsanzug mit der Volkssturm-Binde am Arm. Die Häftlinge schauen verängstigt in seine Richtung.

STEFAN: *(laut zu Traudl)* Wos is denn, wo bist denn? Ich komm heim und du bist net da. Und Essen is a kans am Tisch!

TRAUDL: Willst a Suppn?

STEFAN: Jetzt ess ma schon mit die Juden, oder was?

TRAUDL: Wenn du nach der Mess ins Gasthaus saufen gehst.

STEFAN: Was heißt saufen? Die Deutschen, die Offizier, die Goldfasan, habn beim Wirten alles requiriert und aufs Schloß auffebracht.

TRAUDL: Deine Freund.

STEFAN: Was heißt Freund? Wir sind ein Volk, eine Rasse. Aber manchmal sans schon a arge Rass, die Deutschen.

Jakob und Hannah König füttern sich noch immer gegenseitig.

STEFAN: *(zu Traudl)* Unsere Soldaten hungern an der Front und du fütterst den Volksfeind. Das ist Hochverrat.

TRAUDL: Das is ka Hochverrat, das is a Erdäpfelsuppn.

STEFAN: Als wenn wir was zum Verschenken hätten. Wenn wir einmal nix mehr ham, wer wird uns was geben? Keiner. Schon gar net a Jud. Von denen kriegst net einmal das Schwarze unterm Fingernagel. Der Jude kann nur raffen.

TRAUDL: *(wird laut)* Jetzt führ di net so blöd auf wegen einer Suppn. Wegen dem bissel Fett, de paar Deka Mehl und a paar Erdäpfel.

STEFAN FASCHING: *(noch lauter)* Wenn da wer blöd is, dann du. Saublöd bist! Merkst du denn gar net, daß du uns ins Unglück bringst? Wenn die Behörden erfahrn, daß du den Juden fütterst, sind wir alle geliefert. Sippenhaftung heißt das.

Traudl Fasching: *(schreit zurück)* Mir san schon im Unglück! Daß man dich mit an hinigen Fuß und ohne Munition an die Front schicken will, des is a Unglück und a Schweinerei dazu.

Schweigen. Die beiden Eheleute starren einander an. Lou Gandolf bricht vorsichtig das Schweigen.

Gandolf: Entschuldigen Sie, liebe Frau Fasching, aber nie in meinem Leben habe ich eine Suppe wie die Ihre gegessen. Schon dafür verdienen Sie eine Aufführung von „Wiener Blut".

Traudl Fasching wendet sich von Stefan ab.

Traudl: *(lächelnd)* Das sind meine Spezialkräuteln. Weil Sie „Wiener Blut" sagen, ich hab meine Zither mitbracht.

Sie hebt einen der beiden schwarzen Koffer aus dem Leiterwagen.

Gandolf: Und was verbirgt sich, wenn ich fragen darf, in diesem zweiten schwarzen Koffer? Noch ein Instrument?

Traudl: Das is die Harmonika von mein Mann.

Stefan hinkt zum Leiterwagen und zieht den schwarzen Koffer mit einem Ruck heraus.

Stefan: Mei Harmonika kriegens net, die Juden! Meine net!

Traudl: Hab i ja gsagt, daß deine is.

Stefan sieht, daß noch etwas im Leiterwagen ist: eine Kiste Bier.

Stefan: *(ungläubig)* Was is denn des?

Traudl: A Kistn Bier, wiest siehst.

Stefan: I verdurst und die Alte versteckt das Bier. Mein lieber Tscholli.

Traudl: Du versteckst dei Klavier vor die Russn, und i versteck das Bier vor dir.

Stefan: Damits jetzt die Juden kriegen.

Traudl: Das Bier is für di, du Dolm. Damit du in Notzeiten was zum Saufen hast.

Stefan schleppt die Kiste Bier und den Koffer mit der Harmonika in eine Ecke des Stadels, er setzt sich auf den Instrumentenkoffer. Er öffnet eine Flasche Bier und trinkt sie in einem Zug aus.

Traudl: *(ruft zu ihm hin)* Net alles auf einmal. Du mußt heut noch auf der Harmonika spielen.

Stefan: Lieber sauf i mi ins Grab, bevor i bei die Juden mitmach.

Traudl packt ihre Zither aus dem schwarzen Koffer und schaut sich im Stadel um.

Traudl: Wo geb ich denn die Zither hin? Ohne Tisch kann ich net spielen.

Gandolf geht in die hintere Ecke des Stadels, hebt einen vermorschten hölzernen Sautrog hoch und schleppt ihn zu Traudl. Er holt einen verbeulten Kübel und stellt ihn zum Sautrog, damit sie eine Sitzgelegenheit hat. Stefan öffnet die nächste Bierflasche und beobachtet die Vorgänge um sich herum.

Gandolf: *(zu Traudl)* Wenn es Ihnen nichts ausmacht, mit dieser kleinen Improvisation auszukommen.

Traudl: *(lacht)* Es is nur wegen dem Klang. Ich weiß ja gar nicht mehr, ob ichs noch kann.

Traudl stellt ihre Zither auf den Sautrog und setzt sich auf den Kübel. Sie probiert einzelne Saiten der Zither aus. Sie schaut auf.

Traudl: Kommt da überhaupt a Zither vor, im „Wiener Blut"?

Gandolf: Nein. Ja. Bis jetzt nicht, ab jetzt schon.

Traudl probiert noch ein paar Saiten aus, dann spielt sie eine Melodie. Es klingt sehr schön. Die Häftlinge lau-

schen, einige lächeln. Seit der Suppenverteilung ist die Stimmung unter ihnen verändert. Die Melodie ist zu Ende. Gandolf und einige Häftlinge klatschen.

GANDOLF: Grandios. Ganz auf der Höhe Ihrer Suppe. Wären Sie nicht schon engagiert, würde ich sagen, Sie sind es jetzt. Willkommen im Ensemble.

TRAUDL: *(zu Stefan)* Hast ghört, i bin engagiert.

STEFAN: *(mit der Bierflasche in der Hand)* Na freilich.

Die Stadeltür geht auf und Poldi kommt herein. Alle schauen zu ihr hin. Sie schleppt ein prallgefülltes Leintuch mit sich – auf ihrer Schulter. Vorne hat sie sich eine Gitarre umgehängt. Eine Saite, die tiefste, die E-Saite, ist gerissen und baumelt am Gitarrenhals.

POLDI: Hat die Prob schon angfangen? Bin i zu spät?

GANDOLF: Nein, nein, wir fangen erst an.

POLDI: Ich hab die Kostüme von die Passionsspiele mitbracht. Wir brauchen doch Kostüme, oder?

Sie legt den riesigen Binkel auf die Erde und öffnet das Leintuch. Ein Berg von verschiedenfarbigen Kostümen kommt zum Vorschein.

POLDI: Das sind die vom Jesus und von die zwölf Apostel und noch ein paar andere. Von die Hohepriester gibts nur noch die Goldborten und die Bärte.

DER SCHNEIDER: Jesus und die zwölf Apostel. Lauter koschere Jidn.

Einige Häftlinge lachen.

STEFAN: *(von der Seite, zu Poldi)* Ah, jetzt geh ma schon in die Kirchen einbrechen.

POLDI: Das is aber ka richtiger Diebstahl, das is für an guten Zweck.

Gandolf betrachtet die Kostüme.

GANDOLF: *(zu Poldi)* Ich habe es Ihnen ja gesagt, liebes Fräulein Poldi, Sie sind als Mitglied unserer Truppe unverzichtbar.

Poldi: Mir ham nach Weihnachten beim „Volksopfer" Wäsche für die Soldaten abliefern müssn. Ich kann mich noch genau an den Spruch erinnern: „Daß Dein Stolz, der Soldat und Mann, in Uniform sich zeigen kann, räumst Du jetzt Schrank und Truhe leer und bringst uns bitte alles her!" Ich hab mir gedacht, die Wehrmacht kann sicher nix mit die biblischen Gwänder anfangen und hab sie in der Sakristei versteckt. Damit wir nachm Krieg wieder Theaterspielen können. I hab das Theater so gern. Es erhebt einen halt so übers Traurige im Leben.

Gandolf: In der Tat. Es schenkt uns ein anderes.

Einige Häftlinge versammeln sich um den Kostümberg, nehmen die künstlichen Bärte und hängen sich diese um.

Der Schneider: Jetzt, mecht ich bemerken, schauts ihr aus wie ein ganzes Ghetto.

Die Häftlinge lachen, die Stimmung im Stadel wird immer gelöster.

Gandolf: Bleiben Sie professionell, meine Herrschaften. Ich nehme jetzt die Verteilung der Kostüme vor. Auf Grund der etwas widrigen Umstände, unter denen diese Produktion stattfindet, können wir natürlich nicht die ganze Operette aufführen. Es geht im wesentlichen um den Grafen und die Gräfin und um den Chor.

Gandolf nimmt ein weißes Kostüm aus dem Haufen und hält es hoch.

Poldi: Das is das Gwand von unserem Heiland.

Gandolf: Wer möchte das Kostüm von Jesus Christus?

Schweigen. Niemand meldet sich.

Der Schneider: Is ka gute Zeit für jüdische Aufwiegler. Dürft ich beanspruchen das vom Barabbas, falls vorhanden?

Poldi hält ein violettes Kostüm hoch.

Gandolf: Warum ausgerechnet das von Barabbas?

Der Schneider: Soweit ich kenn die katholische Bibel, is er zwar gewesen ein Mörder, aber is er freigelassen worden von Pilatus. Der Barabbas hat überlebt.

Der Schneider lacht. Poldi gibt ihm das Kostüm. Plötzlich springt Stefan auf.

Stefan: Gib das Gewand her, sofort!

Der Schneider: Mecht mir der Herr Stefan Fasching wenigstens für ein Viertelstünderl die Einbildung vergönnen, daß ich überleben mecht?

Stefan hinkt zur Stadelwand, nimmt eine Schaufel, die dort aufgehängt ist, hebt sie in die Höhe und geht auf den Schneider zu.

Stefan: *(schreit)* Gib das Gwand her, du dreckiger Jud, oder i erschlag di.

Traudl: *(schreit ihn an)* Davon wird unser Bua auch net lebendig, daß du an anderen Menschen umbringst!

Stefan zögert. Die Häftlinge beobachten die Szene voller Angst.

Traudl: *(zum Schneider)* Unser Sohn, der Franz, hat immer den Barabbas gespielt, bevor er eingezogen worden is. Er is in Russland gfallen, unser einziger. Im Donezbecken. Er hätt sollen den Hof übernehmen. Müssens den Stefan schon entschuldigen.

Der Schneider legt das Gewand des Barabbas ganz vorsichtig, beinahe liebevoll, zusammen und überreicht es Traudl.

Der Schneider: Mecht ich Ihren Gatten sehr um Verzeihung bitten und hinzufügen, daß ich auch einmal dran gedacht hab, mein Geschäft an meine Neffen zu übergeben, aber jetzt habe ich keine Neffen und kein Geschäft mehr.

Stefan läßt die Schaufel sinken. Er hinkt in die Ecke des Stadels, setzt sich auf den Instrumentenkoffer und starrt vor sich hin. Traudl drückt das Kostüm an sich und beginnt zu weinen.

Traudl: Himmelsakra, ich hab schon soviel geweint in dem Krieg, daß i mir geschworen hab, daß ich nimmer wein. Und jetzt hats mich doch wieder erwischt.

Sie fängt sich wieder, geht zu Stefan und legt das Gewand neben ihn.

Traudl: *(zu Stefan)* Von mir aus kannst dir schon noch ein Bier nehmen.

Stefan schweigt und starrt vor sich hin. Traudl geht zurück zur Zither. Schweigen.

Poldi: Wird das jetzt a Operetten oder wirds keine?

Gandolf: Herr Jakob König, darf ich Sie bitten?

Jakob König setzt sich auf den Melkschemel und legt seine Hände auf die Klaviertasten. Hannah König lächelt ihm zu.

Gandolf: *(zu Traudl)* Liebe Frau Fasching, bereit?

Traudl: Und wie.

Traudl richtet sich den zerbeulten Kübel, auf dem sie sitzt, zurecht, und legt die Hände auf die Saiten der Zither.

Gandolf: *(zu Poldi)* Fräulein Poldi?

Poldi: *(mit umgehängter Gitarre)* Was soll i denn spielen, bitte?

Gandolf: Das kommt gleich. Fräulein Zsuzsa und ich sind der Graf und die Gräfin. Wir singen das Duett „Wiener Blut", und Sie begleiten uns auf Ihren Instrumenten. Der Chor kommt später.

Zsuzsa: Was muß ich als Gräfin tun?

Gandolf: Singen, nur singen. Und jetzt muß ich unseren Geiger höflich, aber nachdrücklich bitten, zu uns zu kommen.

Der Geiger, der wie immer abseits an der Stadelwand lehnt, rührt sich nicht von der Stelle. Stefan sitzt auf seinem

Instrumentenkoffer, trinkt Bier und beobachtet die Vorgänge um sich. Schweigen.

Poldi: *(in Richtung Geiger)* Wieso kommt er denn net?

Traudl: Weil er kompliziert is. Bring ihm die Suppen, vielleicht hört das Komplizierte dann auf.

Traudl zeigt auf eine Menageschüssel mit Suppe, die sie zur Seite gestellt hat. Poldi geht damit zum Geiger und hält sie ihm hin. Der Geiger schaut Poldi an, rührt aber die Schüssel nicht an.

Poldi: Wenns ma de Schüssel jetzt aus der Hand schlagen, wie Sies mitn Erdäpfel gmacht ham, dann kann i Ihnen net helfen. An Erdäpfel kann i vom Boden aufheben, a Suppn net.

Sie lacht. Der Geiger schaut sie an, nimmt den Menagebehälter und stellt ihn neben sich auf den Boden. Poldi geht mit ihrer umgehängten Gitarre zurück zum Klavier. Schweigen.

Gandolf: Unser Geiger zieht es vor, bei der ersten Probe nicht zu erscheinen. Das ist auch am Budapester Operettenhaus schon einmal vorgekommen. Umso pünktlicher war er dann bei der zweiten. Ich singe Ihnen jetzt noch einmal die erste Strophe von „Wiener Blut" vor, damit Sie mit der Melodie etwas vertrauter werden. *(Er singt)* Wiener Blut! Wiener Blut! Eig'ner Saft, voller Kraft, voller Glut! *(Er spricht wieder)* So. Ich gebe jetzt den Einsatz, Fräulein Zsuzsa singt oder summt das Lied mit mir und Sie begleiten uns auf Ihren jeweiligen Instrumenten.

Er gibt den Einsatz. Er und Zsuzsa singen das Duett. Die Musiker begleiten sie.

Gandolf und Zsuzsa: *(er singt, sie summt)*

Wiener Blut!
Wiener Blut!
Eig'ner Saft,

voller Kraft,
voller Glut!
Wiener Blut!
Seltenes Gut!
Du erhebst
und belebst
unsern Mut!

Es klingt nicht gut. Stefan lacht auf. Er ist bereits leicht angeheitert.

Stefan: Des soll a Operetten werdn? Des is a Katzenmusik.

Er stellt seine Bierflasche ab, öffnet den Instrumentenkoffer, holt seine Harmonika heraus, schnallt sie um und spielt einen Landler. Es klingt sehr gut. Der Schneider geht zu ihm hin.

Der Schneider: Hab ich gehört die größten Zigeuner spielen im Café Gerbaud in Budapest.

Stefan: Schleich di. I bin ka Zigeuner.

Der Schneider: Aber ein Meister am Akkordeon, wie ich noch hab selten einen gehört.

Stefan schaut den Schneider an. Schweigen.

Stefan: Willst a Bier?

Er hält ihm die halbvolle Flasche hin.

Der Schneider: Es tät den Herrn Stefan Fasching nicht grausen, wenn ich machen mecht einen Schluck aus seiner Flasche?

Stefan: Red net soviel. Sauf.

Der Schneider macht einen Zug aus der Flasche. Er gibt die Flasche zurück und macht ein verklärtes Gesicht.

Der Schneider: Wenn der Krieg mecht aus sein und ich zurückkriegen tät mein Geschäft, Elias Rotenberg, Herren- und Damenmaßschneiderei erster Klasse, und es tät mich gar aufsuchen der Herr Stefan Fasching für einen Anzug, mechten Sie kriegen feinstes Tuch zu exzellenten Konditionen. Das schwör ich Ihnen, Herr Stefan Fasching.

Gandolf: *(ruft zu ihm hin, mit leicht jüdischem Akzent)* Wenn der Herr Rotenberg is ein Maßschneider erster Klasse, dann soll er sich kümmern um die Kostüm für den Chor.

Der Schneider geht zu Gandolf.

Der Schneider: Na, der Herr Tenor und Nichtjude red jiddisch?

Gandolf: Das war reine Ironie. Geben Sie Ihr Bestes. Machen Sie aus einem Passionsspiel eine Operette.

Der Schneider: Ohne Scher und Zwirn?

Gandolf reagiert nicht auf ihn.

Gandolf: *(zu den Musikern)* Für einen ersten Versuch war es gar nicht so schlecht. Wir probieren es gleich noch einmal.

Stefan: *(beginnt zu singen)* Trink ma no a Flascherl Bier ...

Traudl: Sauf net soviel. Du hast schon mindestens vier Bier intus.

Stefan: *(lacht)* Alte, werd net kleinlich. Wir sind mitten im Weltuntergang.

Traudl: *(zu Gandolf)* Auch wenn mein Mann sagt, daß jetzt der Weltuntergang is, wir lassen uns die Operetten nicht nehmen, was Herr Gandolf? Wir geben net auf.

Gandolf: Wie recht Sie haben, Frau Fasching, wie recht Sie haben.

Im Stadel wird es dunkel.

4. AKT
MONTAG, 30. APRIL 1945
AM NACHMITTAG

Das Licht fällt wieder durch das desolate Dach ins Innere des Stadels. Es ist ein helles, sonniges Licht, draußen ist ein strahlender Frühlingsnachmittag. Jakob König sitzt am Klavier. Hannah König steht neben ihm. Stefan Fasching sitzt mit der umgeschnallten Harmonika im Leiterwagen, neben sich ein paar volle und leere Flaschen Bier. Er hat wieder seine zusammengeflickte Uniform an, mit der Armbinde des Volkssturms. In der Mitte des Stadels steht ein großer Korb, in dem sich ein Berg von gekochten und geschälten Kartoffeln befindet. Traudl sitzt auf dem Blechkübel hinter dem Sautrog, auf dem die Zither steht. Poldi steht neben dem Klavier. Die Häftlinge haben sich zu einem Chor formiert, sie tragen die Kostüme vom Passionsspiel. Der Schneider geht zwischen ihnen umher und legt Hand an die Kostüme. Er verwendet dabei Schere und Sicherheitsnadeln, die er offensichtlich von Traudl bekommen hat. Die Passionsgewänder werden teilweise von Kuhstricken zusammen gehalten, bei manchen hat der Schneider goldene Borten angebracht. Vor allem Gandolf und Zsuzsa tragen besonders herausgeputzte Kostüme. Gandolf hat das Gewand von Christus an, mit vielen Goldborten. Zsuzsa trägt das Kostüm von Maria Magdalena, ebenfalls mit Goldbortenverzierung. Alles sieht zwar immer noch mehr nach Passionsspiel aus, aber mit einiger Phantasie kann man sich auch eine Operette vorstellen. Der Geiger lehnt wie immer an der Stadelwand und macht bei dem ganzen Unternehmen nicht mit. Gandolf versucht, mit dem Chor die Polonaise vom Anfang des zweiten Aktes der Operette „Wiener Blut" einzustudieren. Die Choristen starren auf den Korb mit den Kartoffeln.

GANDOLF: *(zu den Choristen)* Keiner nimmt eine Kartoffel. Erst wird geprobt, dann wird gegessen. Ich ersuche den Chor um höchste Aufmerksamkeit. Ich wiederhole noch einmal den Text, und anschließend singen wir ihn.

Er wiederholt noch einmal – sehr langsam – den Text für den Chor.

GANDOLF: Ach, wer zählt die vielen Namen,
die von Nord, Süd, Ost und West
gastlich hier zusammenkamen.
Froh zu diesem Feste!

VIKTOR HELLER: *(unterbricht ihn)* Das ist doch absurd, völlig absurd.

GANDOLF: *(geht nicht auf ihn ein und redet weiter)*
Fröhlichkeit herrsch' in diesen schönen Hallen,
wir wollen weihen uns der Gemütlichkeit!
Fröhlichkeit möge laut hier jetzt erschallen,
Lust und Freude töne weit und breit!

VIKTOR HELLER: *(immer aufgeregter)* Wir sollen hier Texte auswendig lernen, Melodien singen und draußen wartet der Tod auf uns. Was soll das werden? Ein Ständchen für unsere Mörder? Unsere eigene Begräbnismusik?

GANDOLF: *(redet weiter)*
Volk und Volk, Land und Land
Reichen sich, Brüdern gleich, die Hand!

VIKTOR HELLER: *(schreit Gandolf an)* Volk und Volk, Land und Land, reichen sich, Brüdern gleich, die Hand! Wer? Die Nazis uns Juden? Sie schütteln uns die Hand, entschuldigen sich und sagen, sie hätten es nicht so gemeint. Sind Sie verrückt?

Gandolf: Nein, ich probe.

Viktor Heller: Aus Ihrer idiotischen Operette wird nichts.

Gandolf: Warum sind Sie so aufgebracht? Das Ganze ist doch nicht so schwer. Ich bitte Sie. Ein einfacher Dreivierteltakt.

Viktor Heller: Wir sind in der Hölle, und der probt die Verbrüderung aller Menschen.

Betretenes Schweigen.

Gandolf: *(zu Viktor Heller)* Wissen Sie, was ich als erstes nach der Befreiung machen werde? Ich gehe zurück nach Budapest, ins Operettenhaus. Ich frage den Bühnenportier, ob die Vorstellung, bei der ich verhaftet worden bin, zu Ende gespielt wurde. Was werden Sie tun?

Viktor Heller schweigt.

Gandolf: Dann setze ich mich ins Café Esterházy, direkt gegenüber vom Operettenhaus. Am Nebentisch sitzen zwei Damen und schauen lächelnd zu mir her. Gleich werden sie aufstehen und mich um ein Autogramm bitten.

Viktor Heller: Der ist verrückt.

Langes Schweigen.

Der Schneider: Wer hat eigentlich geschrieben diese Operette?

Gandolf: Viktor Léon und Leo Stein. Von ihnen stammt auch der Text zur „Lustigen Witwe".

Der Schneider: Mecht ich wetten, sie heißen Viktor Hirschfeld und Leo Rosenstein. Hab ich gekannt einen Herschel Hirschfeld, der hat gemacht die beste gefilte Fisch zwischen Wien und Budapest.

Edvin Javor: *(verträumt)* Gefilte Fisch.

Gandolf: Sind jetzt alle Fragen beantwortet? Wir machen weiter mit dem Text.

Der Schneider: *(während er vorsichtig zum Korb mit den Kartoffeln geht)* Mecht ich fragen eine letzte Frage. Wo spielt die Szene?

Gandolf: Bei einem Empfang.

Der Schneider: *(während er dem Korb immer näherkommt)* Und dort tät es ein üppiges Buffet geben?

Gandolf: Sehr üppig. Es ist ein Bankett.

Edvin Javor: Hühnersuppe?

Der Schneider: Mit Mazzesknedlach?

Der Schneider ist ganz nahe am Korb und versucht, sich unauffällig eine Kartoffel zu nehmen.

Gandolf: *(bemerkt es)* Finger weg! *(Zu allen)* Sie müssen sich konzentrieren! Wir gehen noch einmal den Text durch, dann spielen Ihnen meine Musiker die Melodie vor, und dann probieren wir gemeinsam. Ich möchte endlich Gesang hören!

Plötzlich geht die Tür des Stadels auf und ein vierzehnjähriger Junge, Edi Kropfitsch, in der Uniform der Hitlerjugend mit Hakenkreuz-Armbinde steht in der offenen Stadeltür. Die Häftlinge starren ihn an.

Der Hitlerjunge: *(singt)*

Die Fahne hoch!
Die Reihen fest geschlossen!
S.A. marschiert
mit ruhig festem Schritt
Kam'raden die Rotfront
und Reaktion erschossen
marschier'n im Geist
in unsern Reihen mit ...

Kurzes Schweigen.

DER SCHNEIDER: Der Text is a Verbrechen. Aber Stimm hat er a schene.

TRAUDL: Heut geht nix weiter mit meiner Operetten, jetzt werd i grantig.

Sie steht von ihrem Blechkübel auf, geht zum Hitlerjungen, nimmt ihn am Ohr und führt ihn in den Stadel.

TRAUDL: So, da kannst singen, du Rotzbua. Steckts ihn in a Gwand und stellts ihn in Chor.

DER SCHNEIDER: Gibt nur noch den Judas, weil ihn keiner wollt haben.

Der Schneider steckt den Hitlerjungen in das Judaskostüm und schubst ihn in den Chor. Der Junge ist voller Angst und läßt alles mit sich geschehen. Das Kostüm des Judas hat eine Kapuze. Der Schneider zieht dem Hitlerjungen die Kapuze über den Kopf.

GANDOLF: Wir setzen die Probe fort und gehen gleich zur Musik. Musiker! Achtung, Einsatz!

Er hebt seine Hände und gibt den Einsatz. Die Musiker setzen bei der Polonaise, ein paar Takte vorm Chor, ein. Es klingt schon ganz gut. Von weitem hört man eine Sirene, Fliegeralarm. Die Musik bricht ab. Alle lauschen. Die Sirene hört auf. Stille.

TRAUDL: Wenn der Krieg nur schon vorbei wär. Das Radio war heut den ganzen Morgen still. Keine einzige Meldung. Was das wieder heißen soll?

DER SCHNEIDER: Daß sie nebbich auch nicht wissen, wies weitergeht.

STEFAN: Das wird jetzt immer ärger werdn, das sag i euch. De werdn uns alle niederbombardieren.

GANDOLF: Man soll keine Zores auf Vorschuß nehmen.

DER SCHNEIDER: *(lächelnd zu Gandolf)* Das is ein schöner Satz, hab ich das letzte Mal gehört von einem Rebbe aus Melnik. Sowas hört man selten von einem

Nichtjuden, eigentlich gar nicht. Der Herr Tenor und Nichtjude mecht nicht zufällig doch ein Jude sein?

Gandolf: Ich bin getaufter Christ.

Der Schneider: Das war Jesus auch. Hat ihm aber nix genitzt. *(Der Schneider streckt seine Arme links und rechts von sich.)* Gekreizigt hams ihn trotzdem.

Poldi: Die Juden haben unseren Herrn Jesus gekreuzigt.

Gandolf: Konzentration auf die Operette. Der erste Einsatz gilt den Musikern, der zweite dem Chor. Wir probieren jetzt die Polonaise mit Musik und Chor.

Stefan: Mach kan Aufsatz, gib an Einsatz!

Gandolf gibt ein Zeichen. Die Musiker setzen bei der Polonaise ein paar Takte vorm Chor ein. Er gibt ein zweites Zeichen. Der Chor setzt ein.

Der Chor: Ach, wer zählt die vielen Namen,
die von Nord, Süd, Ost und West
gastlich hier zusammenkamen.
Froh zu diesem Feste!
Froh zu diesem Feste!

Die Choristen bemühen sich redlich, den Takt zu halten. Einige können den Text, andere summen nur die Melodie. Imre Landau kratzt sich während des Singens immer wieder am Kopf und am Körper. Milli Moskovics geht vor Erschöpfung in die Knie. Gandolf unterbricht die Chorprobe.

Gandolf: *(der immer nervöser wird)* Danke, meine Damen und Herren. Der Sopran ist indisponiert. Ganz kurze Pause. Der Chor bleibt stehen.

Kurzes Schweigen. Plötzlich geht die Stadeltür auf und der Dorfgendarm, Anton Hochgatterer, mit seinem Gewehr über der Schulter kommt in den Stadel. Alle schauen erschrocken zu ihm hin. Sie stellen sich in einer Reihe auf, der kostümierte Hitlerjunge mit ihnen. Der Gendarm schaut Stefan an, der im Leiterwagen sitzt.

DER GENDARM: Servas Fasching.

STEFAN: Servas Hochgatterer.

DER GENDARM: Hast ghört?

STEFAN: Was? Den Fliegeralarm?

DER GENDARM: Den hör ich gar nimmer. De wollen uns ja nur fertigmachen. Aber i lass mi net fertigmachen, denn ich weiß, daß die Vergeltung kommt. Ich wollt dir das Allerneueste sagn. A Polizeikollege hat mich auf der Amtsleitung angerufen und gsagt, daß die Russen in Wien a österreichische Regierung aufgstellt ham. Lauter Verräter. Der Hitler wird sie einzeln an die Wand stellen.

Die Häftlinge hören ihm angespannt zu. Plötzlich – mit einer Art Zeitverzögerung – nimmt der Gendarm wahr, was sich vor ihm abspielt. Er sieht den Kartoffelberg, starrt die kostümierten Häftlinge an und greift an sein Gewehr.

DER GENDARM: Das gibts doch net.

STEFAN: *(laut)* Das is mei Stadel und in mein Stadel kann i machen, was i will, verstehst? Und wenn i zu die Saujuden sag, freßts meine verschimmelten Erdäpfel und spielts a Operetten, dann hams a Operetten zu spieln, so is des. Und wenn i in mein Stadel a Lied singen will, dann sing i a Lied.

Stefan greift in die Tasten seiner Harmonika und singt.

STEFAN: Hoch auf dem gelben Wagen
Sitz ich beim Schwager vorn.
Wir haben in uns'rem Magen
20 Biere und 25 Korn.
Wir können nicht gehen noch stehen
Vor lauter Gerstengold.
Wir möchten so gern von hier gehen,
Aber der Magen, der grollt.

Stefan lacht besonders laut.

DER GENDARM: Reg dich net auf, Fasching. Mach mit die Juden, was du willst, aber die Listen muß stimmen, die Zahl. Ich bin nur für die Menge zuständig. Zehne san geliefert worden und zehne werden weitertransportiert. *(Er zeigt Stefan die Liste)* Schau her. Falls einer verreckt, kommt er in die Spalte „Abgang". Zum Beispiel, wenn i den jetzt erschieß *(er zeigt auf Gandolf, der zufällig in seiner Nähe steht)*, dann trag ich auf der Liste unter „Abgang" einen Einser ein und unter „In Marsch gesetzt" einen Neuner, macht zusammen zehn. Die Zahl muß immer stimmen.

Die Häftlinge stehen in einer Reihe vor ihm. Er zählt sie ab.

DER GENDARM: Elf. Elf? Das gibts net. Da hab i mich verzählt.

Er zählt noch einmal ab.

DER GENDARM: Tatsächlich elf. Elf gibts net. Bis jetzt haben wir immer nur Abgänge gehabt, auf einmal gibts a Vermehrung. Vermehrung gibts net.

Er zählt noch einmal.

DER GENDARM: Elf. Jetzt hab i ein Problem. Was mach i da?

Er nimmt sein Gewehr von der Schulter und legt auf Gandolf, der unmittelbar vor ihm steht, an. Gandolf erstarrt vor Angst. Stille.

STEFAN: Bevor du den erschießt, schau dir lieber den Judas genau an. Das is der mit der Kapuzn.

Der Gendarm geht zum kostümierten Hitlerjungen und nimmt ihm die Kapuze ab.

DER GENDARM: Das is doch der Bua vom Kropfitsch Erwin. Ist der jetzt auch a Jud?

STEFAN: Na, aber a Hirnschüssler. Er hat sich unter die Juden gmischt.

Der Gendarm: A Mischling?

Stefan: Na, a reinrassiger Hirnschüssler. So was gibts.

Der Gendarm: Das kannst laut sagen. Den ganzen Tag rennt er durchs Dorf, singt die Lieder von der SA und schreit die Nachrichten aus dem Reichssender ausse. Und jetzt geht er zu die Juden.

Stefan: Das weiß doch a jeder im Dorf, daß der Kropfitsch bsoffen war, wie er sei Alte bestiegen hat.

Der Gendarm: *(zum Hitlerjungen)* Zieh das blöde Gwand aus, Depperter, und verschwind, aber schnell.

Der Hitlerjunge: *(schreit)* Die Juden sind schuld. Die Juden sind an allem schuld.

Traudl zieht ihm schnell das Judaskostüm aus.

Der Gendarm: Halts Maul, Rauschkind. Bald hätt ich wegen dir einen Fehler in der Listen ghabt.

Der Gendarm tritt den Hitlerjungen bei der Stadeltür hinaus.

Der Gendarm: *(im Abgehen, lachend zu Stefan)* Machen de wirklich a Operetten für di?

Stefan: *(lachend)* Sowieso.

Der Gendarm: *(lachend)* Die könnens dann in Mauthausen aufführen. Pfiati, Fasching.

Stefan: Pfiati, Hochgatterer.

Der Gendarm geht aus dem Stadel und schließt das Stadeltor. Stefan nimmt eine Bierflasche und macht einen tiefen Schluck.

Traudl: *(stolz zu Stefan)* Stefan, jetzt hast dir wirklich ein Bier verdient.

Stefan: *(rülpst)* Schon genehmigt. Mach ma weiter?

Schweigen. Gandolf sinkt zu Boden und verbirgt sein Gesicht in den Händen.

Viktor Heller: *(zu Gandolf)* Haben Sie gehört? Sie bringen uns nach Mauthausen, in ein Lager. Ihr Operettenhaus werden Sie nie wiedersehen.

Zsuzsa geht zu Gandolf hin und schaut ihn an.

Zsuzsa: Was ist mit Ihnen?

Gandolf: Ich habe keine Kraft mehr.

Zsuzsa: Wir wollten doch das Licht am Ende der Finsternis sehen.

Gandolf: Es entfernt sich immer mehr, Fräulein Zsuzsa.

Gandolf starrt vor sich hin.

Zsuzsa: Herr Gandolf, die Welt da draußen will uns töten. Wir müssen so tun, als wären wir in einer anderen.

Sie nimmt Gandolfs Hand und zieht ihn hoch.

Zsuzsa: Lassen Sie uns singen und tanzen.

Gandolf: Ich kann nicht mehr. Es ist zu viel für mich, zu schwer.

Zsuzsa: Zu schwer? Ich bitte Sie. Es ist nur ein einfacher Dreivierteltakt.

Sie nimmt ihn in den Arm und dreht sich mit ihm im Kreis. Er läßt sie gewähren.

Traudl: Wie geht denn eigentlich die Gschichte von der Operetten, Herr Gandolf? Is des a Liebesgschicht?

Zsuzsa und Gandolf bleiben in der Mitte des Stadels stehen. Schweigen.

Gandolf: Die Geschichte? Also gut, die Geschichte. Der Graf von Reuß-Greiz-Schleiz, also ich, unterhält ein Verhältnis mit der Tänzerin Cagliari, die er in seiner Villa untergebracht hat. Plötzlich kommt seine Frau, die Gräfin, also Zsuzsa, von ihrem elterlichen Gut zurück nach Wien. Noch bevor sie eintrifft, kommt der Premierminister von Reuß-Greiz-Schleiz, Fürst Ypsheim, welcher der Gräfin *(er zeigt auf Zsuzsa)* seine Aufwartung machen will, dabei aber die Geliebte des Grafen antrifft und sie für die

Gräfin hält. Er berichtet der falschen Gräfin abfällig von der Geliebten des Grafen *(er zeigt auf sich)*. Nachdem beide weg sind, trifft die echte Gräfin ein *(er zeigt auf Zsuzsa)*. Fürst Ypsheim kehrt noch einmal zurück. Hat er zuerst die Geliebte für die Gräfin gehalten, so hält er jetzt die Gräfin *(er zeigt auf Zsuzsa)* für die Geliebte und macht ihr Vorwürfe. Da erscheinen der Graf *(er zeigt auf sich)* und seine Geliebte. Der Graf bittet in dieser heiklen Situation den Fürsten, die Gräfin *(er zeigt auf Zsuzsa)* als seine, des Fürsten Gattin, vorzustellen. Nachdem der Fürst und die Geliebte des Grafen *(er zeigt auf sich)* weg sind, verlangt die Gräfin *(er zeigt auf Zsuzsa)* von ihrem Gatten Aufklärung. Der Graf *(er zeigt auf sich)* behauptet, der Fürst habe sie, die Gräfin *(er zeigt auf Zsuzsa)*, deshalb als seine Gattin ausgegeben, um so seine, des Fürsten Geliebte, loszuwerden. Die Gräfin *(er zeigt auf Zsuzsa)* glaubt dem Grafen *(er zeigt auf sich)* kein Wort. Sie weiß längst, das „Wiener Blut" hat sich ihres Gatten bemächtigt.

Kurzes Schweigen.

Stefan: Ich versteh überhaupt nix.

Der Schneider: Mecht ich mich dem Herrn Stefan Fasching anschließen.

Gandolf: Die Geschichte ist auch nicht so interessant, die hat noch nie jemand verstanden. Wichtig ist nur die Musik.

Traudl: Genau. Und deshalb mach ma jetzt weiter mit dem Musizieren.

Gandolf: Gut. Wir machen weiter. Und damit heute irgendetwas klappt, spielen Sie jetzt den Walzer *(er zeigt auf die Musiker)*, und Zsuzsa und ich singen das Duett. Mit dem Chor können wir ja später weitermachen.

Er gibt einen Einsatz. Die Musiker beginnen den Walzer zu spielen.

Zsuzsa: *(singt als Gräfin)* Sie kennen die Geschichte uns're Ehe!

Gandolf: *(als Graf)* Von weitem nur, nicht von der Nähe!

Man hört plötzlich ein lautes, dumpfes Geräusch.

Poldi: *(verzweifelt)* Mir is eine Saite grissen.

Gandolf: *(verzweifelt)* Welche denn?

Poldi: Ich glaub, die A-Saite.

Gandolf geht zu ihr hin und schaut nach, welche Saiten ihr verblieben sind. Es sind die g- und die h-Saite. Er schüttelt den Kopf.

Gandolf: *(freundlich)* Ich fürchte, da ist Hopfen und Malz verloren. Eine Gitarre mit zwei gerissenen Saiten. Tut mir sehr leid, aber ich muß auf ein Mindestmaß an Professionalität Wert legen.

Poldi schaut ihn an und geht, ohne ein Wort zu sagen, zum Geiger, der an der Stadelwand lehnt. Sie stellt sich neben ihn und starrt vor sich hin. Schweigen.

Poldi: So is immer in mein Leben. Am Anfang derf i mitmachen und irgendwann gehör i nimmer dazua. Das war schon als Kind so. I streng mi so an, und auf amol bin ich draußen.

Der Geiger schaut sie an. Er legt seine Geige zur Seite, nimmt ihr die Gitarre aus der Hand und spannt mit einiger Mühe die gerissenen Saiten wieder ein. Er gibt ihr die Gitarre wortlos zurück. Poldi probiert sie aus. Sie funktioniert wieder.

Poldi: Danke, Herr ...?

Schweigen. Der Geiger antwortet nicht.

Poldi: Damit i mi richtig bedanken kann, muß i schon Ihren Namen wissn, Herr ...?

Schweigen. Der Geiger antwortet nicht. Poldi wendet sich ab und geht entschlossen zurück zum Klavier.

Der Geiger: *(leise)* Glasberg. Raphael Glasberg.

Poldi bleibt wie angewurzelt stehen, dreht sich um, geht zum Geiger Raphael Glasberg und nimmt seine Hand.

Poldi: I lass Sie nimmer aus, Herr Glasberg. Sie san mein Schutzengel.

Sie zieht ihn zum Klavier, Er läßt es geschehen.

Gandolf: Unser Geiger ist soeben auf der Probe erschienen. Das ist erfreulich, sehr erfreulich. Wir spielen den Walzer und singen das Duett Graf-Gräfin.

Gandolf gibt den Einsatz. Die Musiker beginnen zu spielen, der Geiger nicht. Zsuzsa beginnt zu singen.

Zsuzsa: *(singt als Gräfin)* Sie kennen die Geschichte uns're Ehe!

Gandolf: *(setzt ein als Graf)* Von weitem nur, nicht von der Nähe!

Zsuzsa: *(als Gräfin)*

Ich bin ein echtes Wiener Blut,
doch Sie aus Reuss-Greiz-Schleiz;
solch eine Ehe tut nicht gut.
Das ahnt' ich meinerseits.
Ich war so keck, ich war so flott,
und Sie so streng solid,
da ahnt' ich's gleich – du lieber Gott –
was in der Eh' mir blüht.
Ach, Ihnen fehlt, ich wußt' es zu gut –

Gandolf: *(als Graf)* Ja, was denn?

Zsuzsa: *(als Gräfin)* Das Wiener Blut!

Gandolf: *(als Graf)*

Ich war ganz jämmerlich naiv,
das geb' ich zu, sehr gern.
Es kränkte mich auch damals tief,

daß Sie mir blieben fern.
Und plötzlich nahmen Sie Reißaus
nach Ihrer Eltern Gut.
Ich stand allein in unser'm Haus,
mir war sehr bös zu Mut!
Und was mir fehlte, das wußt' ich zu gut –

Zsuzsa: *(als Gräfin)* Na, was denn?

Gandolf: *(als Graf)* Mir fehlte –

Zsuzsa: *(als Gräfin)* Was denn?

Gandolf: *(als Graf)* Das Wiener Blut!

Poldi stößt den Geiger Raphael Glasberg etwas unsanft in die Seite. Er legt seine Geige an und beginnt den Walzer zu spielen. Er spielt wunderbar. Die Häftlinge lauschen. Alles wirkt wie verwandelt.

Zsuzsa: *(als Gräfin)*

Wiener Blut!
Wiener Blut!
Eig'ner Saft,
voller Kraft,
voller Glut!
Wiener Blut!
Seltenes Gut!
Du erhebst
und belebst
unsern Mut!

Zsuzsa und Gandolf: *(als Gräfin und Graf)*

Wiener Blut!
Wiener Blut!
Was die Stadt
Schönes hat,
in dir ruht!
Wiener Blut,
heiße Flut.
Allerort

gilt das Wort:
Wiener Blut!
Im Stadel wird es dunkel.

5. AKT
DIENSTAG, 1. MAI 1945
AM ABEND

Das Licht fällt wieder in den Stadel. Es kommt von zwei ausgebauten Scheinwerfern eines Militärjeeps, welche an eine Lichtmaschine angeschlossen sind. Die Lichtmaschine wird von einem Fahrrad betrieben, auf welchem Imre Landau im operettenhaften Passionskostüm sitzt und kräftig in die Pedale tritt. Es fällt ihm zunehmend schwerer. Die Scheinwerfer flackern zwischendurch ein bißchen. Jakob König sitzt am Klavier, der Geiger steht beim Klavier, Traudl sitzt vor ihrer Zither. Alle üben an ihren Instrumenten: das „Orchester" spielt sich ein. Gandolf und Zsuzsa beobachten aufgeregt das Treiben. Stefan sitzt im Leiterwagen, neben sich ein paar Flaschen Bier und beobachtet den Schneider. Der Schneider überprüft die Kostüme.

STEFAN: *(ruft zu ihm hin)* Sag, Schneider, kannst du eigentlich an Trachtenanzug a machen?

DER SCHNEIDER: Ist nicht gerade mein Spezialgebiet, aber mecht ich mich sehr bemühen für Herrn Stefan Fasching.

STEFAN: Na ja, die Volksverbundenheit habts ihr halt net so, ihr Juden, weils immer herumrennts auf der ganzen Welt.

DER SCHNEIDER: Mecht ich bemerken, nicht freiwillig.

Poldi geht von einem kostümierten Häftling zum anderen und schminkt sie mit Lippenstift.

POLDI: *(zum Schneider)* Den Lippenstift hat mir mei Verlobter von an Fronturlaub aus Paris mitbracht. Er hat gsagt, daß i mi nur zhaus schminken darf, net wenn i vors Haus geh. Eine deutsche Frau schminkt sich nicht. *(Sie lacht.)* Darf i mir auch a bisserl auftragen?

Der Schneider: Das mecht die natürliche Schönheit von dem Fräulein sehr unterstitzen.

Poldi: Glaubens, daß mein Verlobter wiederkommt?

Der Schneider: Bestimmt.

Poldi lächelt und schminkt sich. Das Licht aus den Autoscheinwerfern flackert und wird immer schwächer.

Poldi: *(ruft)* Was is denn? Ich seh ja nix mehr.

Imre Landau: *(auf dem Fahrrad)* Ich kann nicht mehr.

Gandolf: *(ruft)* Der nächste Chorist aufs Fahrrad!

Edvin Javor setzt sich aufs Fahrrad und tritt in die Pedale. Das Licht wird wieder stärker. Poldi nimmt ihre Gitarre und stellt sich zu den Musikern.

Gandolf: Wir probieren jetzt in Kostüm und Maske.

Zsuzsa: Ich bin so aufgeregt.

Gandolf: Ich auch.

Zsuzsa: Wieso? Sie haben „Wiener Blut" ja schon in Budapest gesungen.

Gandolf: *(lachend)* Wenn Sie wüßten ... *(Laut zu den anderen)* Ich bitte den Chor um Aufstellung und die Musiker um Bereitschaft. Der Chorist auf dem Fahrrad tritt natürlich weiter in die Pedale und singt vom Rad aus mit. Das Orchester setzt auf mein Zeichen mit der Exposition der Polonaise ein und der Chor beginnt, ebenso auf mein Zeichen, mit der Stelle „Ach, wer zählt die vielen Namen ...". Und mit Gefühl, meine Damen und Herren, con sentimento! Bedenken Sie, meine Herrschaften, Sie sind Gäste eines Festbanketts, es ist also Feierlichkeit und Fröhlichkeit angesagt. Es geht Ihnen ausgezeichnet, vor Ihnen türmen sich die erlesensten Speisen und in Ihnen jubelt der Frohsinn und jauchzt der Geist der Verbrüderung ...

Viktor Heller: ... und draußen sind die Jäger mit ihren Gewehren und warten auf uns.

Gandolf: Ihr Gesang, meine Damen und Herren, wird alles Bedrohliche zum Schweigen bringen.

Das Licht beginnt zu flackern und wird schwächer und schwächer. Der Hitlerjunge Kropfitsch Edi kommt unbemerkt von den anderen bei der Stadeltür herein, nimmt militärische Haltung an und hebt seine Hand zum Hitlergruß.

Der Hitlerjunge: *(schreit)* Adolf Hitler ist bis zum letzten Atemzug kämpfend für Deutschland gefallen!

Schweigen. Alle stehen regungslos da, als könnten sie die Tragweite dieses Satzes nicht begreifen. Traudl Fasching geht zum Hitlerjungen hin.

Traudl: Was hast gsagt, Edi?

Der Hitlerjunge: *(hebt die Hand zum Hitlergruß und schreit)* Adolf Hitler ist bis zum letzten Atemzug kämpfend für Deutschland gefallen!

Traudl: Wo hast denn das her, Bua?

Der Hitlerjunge: Radio! Radio!

Kurzes Schweigen.

Stefan: *(zu Traudl)* Ich hab dir doch immer gsagt, das kann net ewig so weitergehen.

Stefan dreht seine Volkssturm-Armbinde um, jetzt ist sie weiß. Er geht mit einer Flasche Bier zum Schneider und hält sie ihm hin.

Stefan: Prost Schneider, sollst leben!

Der Schneider reagiert nicht.

Stefan: Sagst halt, wenns dich fragen, daß dir beim Fasching Stefan nix abgangen is.

Stefan drückt ihm die Flasche in die Hand. Der Hitlerjunge dreht sich um und rennt in die mondhelle Nacht hinaus. Man hört ihn rufen: „Adolf Hitler ist bis zum letzten Atemzug kämpfend für Deutschland gefallen". Sein Rufen entfernt sich.

TRAUDL: Es ist vorbei!

Schweigen.

JAKOB KÖNIG: Wir werden wieder zu Hause sein, Hannah.

HANNAH KÖNIG: Gewiß, mein Jakob.

Stille im Stadel, lange Stille. Der Geiger legt seine Geige an und spielt die Exposition der Polonaise, auf eine besonders emotionelle Weise. Poldi begleitet ihn auf ihrer Gitarre. Traudl setzt sich schnell an ihre Zither und setzt ein. Stefan schnallt sich sein Akkordeon um und spielt mit, Jakob König ebenfalls. Viktor Heller löst Edvin Javor auf dem Fahrrad ab. Die Choristen stellen sich – als sei alle Erschöpfung und Verzweiflung verflogen – schnell auf. Gandolf hebt seine Hände und gibt dem Chor seinen Einsatz. Der Chor singt voller Leidenschaft. Er ist nicht wiederzuerkennen.

DER CHOR:

Ach, wer zählt die vielen Namen,
die von Nord, Süd, Ost und West
gastlich hier zusammenkamen.
Froh zu diesem Feste!
Froh zu diesem Feste!

Fröhlichkeit herrsch' in diesen schönen Hallen,
wir wollen weihen uns der Gemütlichkeit!
Fröhlichkeit möge laut hier jetzt erschallen,
Lust und Freude töne weit und breit!

Ach, wer zählt die vielen Namen,
die von Nord, Süd, Ost und West
gastlich hier zusammenkamen.
Volk und Volk, Land und Land

Reichen sich, Brüdern gleich, die Hand!

Gandolf senkt die Hände.

GANDOLF: *(mit jüdischem Akzent)* A Wunder! Hätt ich selber nicht geglaubt, daß ich das noch erleben darf.

Gandolf gibt lachend den Einsatz. Die Musiker spielen auf und singen mit. Alle singen zusammen, der Chor, der Schneider, Viktor Heller auf dem Fahrrad, Poldi, Traudl und Stefan, der Geiger, Jakob König und natürlich: Gandolf und Zsuzsa.

ALLE:

Wiener Blut!
Wiener Blut!
Eig'ner Saft
voller Kraft,
voller Glut!
Wiener Blut!
Seltenes Gut!
Du erhebst
und belebst
unsern Mut!

Wiener Blut!
Wiener Blut!
Was die Stadt
Schönes hat,
in dir ruht!
Wiener Blut,
heiße Flut.
Allerort
gilt das Wort:
Wiener Blut!

„Wiener Blut" ist zu Ende. Blackout.

Auf der Rückseite der Bühne erscheint folgender Text:

In der Nacht auf den 2. Mai 1945 wurde der Stadel von betrunkenen Nazioffizieren und einigen Dorfbewohnern angezündet. Alle jüdischen Häftlinge sind verbrannt, keiner von ihnen hat überlebt.

ENDE

URAUFFÜHRUNG UND WEITERE INSZENIERUNGEN

Uraufführung Stadttheater Klagenfurt
Premiere am 8. März 2007

Besetzung und Stab der Aufführung:

Ludwig „Lou“ Gandolf, *Opern- und Operettensänger*	Alexander Kaimbacher
Traudl Fasching, *Bäuerin*	Josefin Platt
Leopoldine Schrabacher, *genannt Poldi, junge Magd*	Winnie Böwe/Evi Kehrstephan
Elias Rotenberg, *ein Schneider aus Budapest*	Lukas Miko
Zsuzsa Breuer, *Kontoristin*	Ursula Strauss
Stefan Fasching, *Bauer*	Dirk Nocker
Der Geiger	Aliosha Biz
Hannah König	Dagmar Schwarz
Jakob König, *pensionierter Professor*	Béla Koreny
Der Dorfgendarm	Maximilian Achatz
Der Klarinettist	Markus Adenberger
Der Hitlerjunge	Dries Kragten/Felix Wagner

Jüdische Häftlinge:
Halina Brak, Nadia Petrova, Krystyna Rosinska, Annemarie Vaniček, Sibylle Wegscheider; Manuel Dragan, Reda El Shennawi, Michael Gurtowski, Thomas Kazianka, Janni Naglic, Janusz Pleban, Raupl Henrich, Krassimir Tassev, Walter Vaniček

Produktionsteam:

Inszenierung	Michael Sturminger
Musik	Roland Neuwirth
Musikalische Leitung	Guido Mancusi
Bühne und Kostüme	Andreas Donhauser/Renate Martin
Dramaturgie	Maja Haderlap
Regieassistenz	Thomas Kazianka
Musikalische Assistenz	Mitsugu Hoshino

Kärntner Sinfonieorchester

Theater in der Josefstadt, Wien
Premiere am 25. März 2010

Die jüdischen Häftlinge:

Ludwig „Lou“ Gandolf, *Operettensänger*	Norman Hacker
Elias Rotenberg, *ein Schneider aus Budapest*	Gideon Singer
Zsuzsa Breuer, *Kontoristin*	Katharina Pichler
Hannah König	Maria Urban
Jakob König, *pensionierter Professor*	Kurt Sobotka
Raphael Glasberg, *Geiger*	Aliosha Biz
Viktor Heller	Ljubiša Lubo Grujčić
Edvin Javor	Heinrich Herki
Imre Landau	Simon Dietersdorfer
Milli Moskovics	Barbara Fressner

Die Dorfleute:

Traudl Fasching, *Bäuerin*	Elfriede Schüsseleder
Stefan Fasching, *Bauer*	Branko Samarovski
Leopoldine Schrabacher, *genannt Poldi, Magd*	Daniela Golpashin
Anton Hogatterer, *Dorfgendarm*	Toni Slama
Edi Kropfitsch, *Hitlerjunge*	Paulus Gaspari/Laurens Lukele

Produktionsteam:

Regie	Herbert Föttinger
Musik	Christian Brandauer
Bühne und Kostüme	Rolf Langenfass
Dramaturgie	Ulrike Zemme
Regieassistenz	Tamara Hattler
Inspizient	Walter Fischer

Theater und Orchester Neubrandenburg/Neustrelitz
Premiere am 16. April 2016

Besetzung:

Der Gnom	Michael Berndt
Ein Tänzer	Sören Swart
Leopoldine Schrabacher, *genannt Poldi, junge Magd*	Isolde Wabra
Traudl Fasching, *Bäuerin*	Franka Anne Kahl
Stefan Fasching, *Bauer*	Johannes Stelzhammer
Anton Hochgatterer, *Dorfgendarm*	Arno Sudermann
Edi Kropfitsch, *Hitlerjunge*	Michael Berndt
Ludwig „Lou" Gandolf, *Operettensänger*	Christoph Bornmüller
Jakob König, *pensionierter Professor*	Ralph Sählbrandt
Zsuzsa Breuer, *Kontoristin*	Nancy Spiller
Elias Rotenberg, *ein Schneider aus Budapest*	Thomas Pötzsch
Raphael Glasberg, *Geiger*	Michael Goralczyk
Viktor Heller / István Zielinski	Michael Kleinert
Edvin Javor / Imre Landau	Alexander Mildner

Produktionsteam:

Inszenierung	Annett Wöhlert
Ausstattung	Sabine Pommerening
Dramaturgie	Matthias Wolf
Regieassistenz	Silvia von Kaufmann
Inspizienz	Jana Ulrich
Souffleur	Lothar Missuweit
Musikalische Arrangements	Frank Obermair
Musikalische Assistenz	Alexander Mildner
Video	Jens Habeck

Bilder der Inszenierung am
Stadttheater Klagenfurt (2007)

Bilder der Inszenierung am
Theater in der Josefstadt, Wien (2010)

Bilder der Inszenierung am Theater und Orchester Neubrandenburg/Neustrelitz (2016)

ANHANG

12. Mai 1945
Nun ist Frieden, wirklich Frieden. Ich glaube,
wir haben dieses Wort noch gar nicht in seinem
wahren Ausmaße erkannt, sonst müssten
wir doch in einen ungeheuren Jubel ausbrechen.
Nichts davon. Nur ein vages –
(Aus dem Tagebuch von Maria Urban, 15 Jahre alt)

DER ZWANGSARBEITEREINSATZ UND DIE TODESMÄRSCHE UNGARISCHER JÜDINNEN UND JUDEN 1944/45

Eleonore Lappin-Eppler

Nach der Okkupation Ungarns durch die Deutsche Wehrmacht im März 1944 setzte schlagartig die Verfolgung und Vernichtung jener etwa 795.000 Menschen ein, die gemäß den rassistischen ungarischen Gesetzen als Juden galten. Aufgrund von Gesetzen des ungarischen Parlaments, das auch nach der Besetzung weitgehende Befugnisse innehatte, und mit Hilfe der ungarischen Gendarmerie gelang es dem, von Adolf Eichmann geleiteten „Sondereinsatzkommando der Sicherheitspolizei und des SD Ungarn" (SEK), zwischen dem 14. Mai und dem 9. Juli 1944 mehr als 430.000 Jüdinnen und Juden aus Ungarn zu deportieren, in ihrer überwiegenden Mehrheit nach Auschwitz. Lediglich 15.000 bis 16.000 Deportierte wurden Ende Mai und Ende Juni 1944 nach Österreich verschleppt.

Unter massivem in- und mehr noch ausländischem Druck ordnete das ungarische Staatsoberhaupt, Reichsverweser Miklós Horthy, am 7. Juli 1944 einen vorläufigen Stopp der Deportationen an und bewahrte damit die etwa 200.000 Budapester Jüdinnen und Juden vor der Verschleppung. Weiters blieben die etwa 80.000 jüdischen Männer, die innerhalb der ungarischen Armee Dienst ohne Waffe, also Zwangsarbeit, verrichten mussten, von der Deportation nach Auschwitz verschont.

Am 15. Oktober 1944 versuchte Miklós Horthy, Ungarn durch einen Waffenstillstand mit der Sowjetunion aus dem offensichtlich verlorenen Krieg zurückzuziehen.

Aufgrund seiner dilettantischen Vorbereitung und Ausführung scheiterte dieser Plan und bot den hungaristischen Nyilas, den Pfeilkreuzlern, den Vorwand, sich mit Hilfe der deutschen Besatzer an die Macht zu putschen. Mit der Machtübernahme der Pfeilkreuzler begann in Budapest ein mörderischer antijüdischer Terror, der Tausenden das Leben kostete.

Außerdem übergaben die Nyilas zwischen dem 6. November und dem 1. Dezember 1944 den Deutschen 76.209 Jüdinnen und Juden als Zwangsarbeiter/innen für kriegswichtige Arbeiten: etwa 30.000 Budapester/innen, die in mörderischen Fußmärschen zur Grenze nach Hegyeshalom getrieben wurde, sowie Arbeitsdienstleister der ungarischen Armee. Die Zahl der später noch an Deutschland ausgelieferten „Leihjuden" – angeblich sollten sie nach Kriegsende wieder nach Ungarn zurückkehren – wurden nicht erfasst, ging jedoch ebenfalls in die Tausende.

Die SS, welche die Jüdinnen und Juden in Hegyeshalom übernahm, verschickte einen Teil der Deportierten in Konzentrationslager, übergab jedoch die Mehrheit der Gauleitung von Niederdonau. Diese internierte sie in Lagern auf beiden Seiten der Grenze Österreichs zu Ungarn und zur Slowakei, wo sie zusammen mit deutschen und österreichischen Zivilisten, Hitlerjugend, Fremdarbeitern und Kriegsgefangenen am sogenannten Südostwall, einem System von Panzergräben und Befestigungen, welches den Vormarsch der Roten Armee stoppen sollte, sich aber letztlich als weitgehend wirkungslos erwies, schanzen mussten. Zunächst waren die jüdischen Schanzarbeiter/innen nur in Westungarn – im Raum Sopron und Köszeg – und im Gau Niederdonau – Niederösterreich, in der heutigen Slowakei bis zur Donau, in Bratislava und im nördlichen Burgenland interniert, ab Weihnachten 1944 wurden sie auch im Gau Steiermark, also im südlichen Burgenland und in der Steiermark, eingesetzt.

Die Gründe für diese Deportationen nach Österreich sowie die Lebens- und Arbeitsbedingungen der verschiedenen Gruppen jüdischer Zwangsarbeiter/innen aus Ungarn waren, wie zu zeigen sein wird, unterschiedlich. Gemeinsam war ihnen, dass sie nicht in Konzentrationslagern interniert, sondern in Lagern in österreichischen Städten und Dörfern oder auf land- und forstwirtschaftlichen Gütern untergebracht waren. Sie lebten und arbeiteten häufig mit österreichischen Zivilist(inn)en zusammen. Die Zivilbevölkerung sah ihr Leiden und beobachtete viele der von den Wachmannschaften gegen sie verübten Verbrechen. Auch die zahlreichen Erschießungen im Zuge der Todesmärsche im Frühjahr 1945 erfolgten häufig vor den Augen von Zivilist(inn)en, welche die Täter persönlich kannten. Denn die Mörder und Peiniger der jüdischen Zwangsarbeiter/innen waren in der überwiegenden Mehrzahl Österreicher, sie waren Funktionäre der NSDAP, Angehörige des Volkssturms und der SA, der Polizei und der Gendarmerie und sogar der Hitlerjugend. Allerdings wurde eine ganze Reihe besonders grausamer Morde von ortsfremden Angehörigen der Waffen-SS verübt. Die Hauptverantwortung für das Leiden und den Tod Tausender ungarischer Jüdinnen und Juden lag jedoch weniger bei der SS als bei den Gauleitungen und diesen unterstellten Dienststellen, wobei die Kreisleitungen eine besonders unrühmliche Rolle spielten. Denn sie erteilten den Wachmannschaften die Befehle für die Behandlung der jüdischen Häftlinge sowohl während des Arbeitseinsatzes entlang des Südostwalls als auch während der Todesmärsche.

Da die meisten Verbrechen gegen ungarische Jüdinnen und Juden in die Endphase des Krieges fielen, waren die Spuren zu Kriegsende noch frisch, sodass zahlreiche Täter ausgeforscht werden konnten. Zwischen 1945 und 1955 führten Volksgerichte in Wien, Graz und Linz, in den Jahren 1946 bis 1947 auch obere Gerichte der britischen Militärregierung in der Steiermark sowie nach 1955 Schwurgerichte eine ganze Reihe von Verfahren gegen Gewaltverbrechen an ungarische Jüdinnen und Juden durch. Bis zur Abschaffung der Todesstrafe im Jahre 1948 wurden bei diesen Prozessen auch Todesurteile ausgesprochen und zum Teil vollstreckt. Allerdings nahm die Zahl der von den Volksgerichten abgehandelten Fälle ebenso wie die Höhe der Strafbemessung bei den Urteilen ab 1949 merklich ab. Anfang der 1950er Jahre einsetzende NS-Amnestien bewirkten, dass bis 1957 die Mehrheit sogar der zu lebenslanger Haft verurteilten Mörder wieder auf freiem Fuß war. Die Schwurgerichtsverfahren der 1960er Jahre brachten die damals üblichen skandalösen Freisprüche.

Da der allgemeine Konsens im Nachkriegsösterreich nicht nur auf das Verzeihen von NS-Verbrechen und die Integration der NS-Täter, sondern auch auf das Vergessen und Verdrängen jeglicher Mitschuld abzielte, wurden die Anstrengungen der Volksgerichte zur gerichtlichen Ahndung von NS-Verbrechen aus dem kollektiven Gedächtnis der Zweiten Republik verdrängt. Denn beide Tatsachen, die Verbrechen ebenso wie die Schuldsprüche gegen die Täter, stellten den österreichischen „Opfermythos“ infrage.

Da 1944 im Deutschen Reich eine drückende Arbeitskräfteknappheit herrschte, erregte die Ghettoisierung Hunderttausender ungarischer Jüdinnen und Juden die Aufmerksamkeit der Gauleitungen von Niederdonau und Groß-Wien. Beide Gauleitungen suchten daher beim Berliner Reichssicherheitshauptamt um die Überlassung jüdischer Zwangsarbeiter/innen aus Ungarn an. Ende Mai/Anfang Juni hielten einige Züge mit jüdischen Deportierten aus Ungarn auf dem Weg nach Auschwitz in Gänserndorf bei Wien an, kräftige junge Männer und Frauen wurden selektiert und Besitzern von land- und forstwirtschaftlichen sowie Industrie- und Gewerbebetrieben im Gau Niederdonau übergeben.

Seit April 1944 verhandelten Mitglieder des zionistischen Budapester „Hilfs- und Rettungskomitees“ (Waada Esra Vehazala) mit Adolf Eichmann und anderen hochrangigen Mitgliedern des SEK um das Leben der ungarischen Juden. Tatsächlich bot Eichmann an, eine Million Juden für zehntausend LKW und andere von den westlichen Alliierten gelieferte Güter ins Ausland ausreisen lassen zu wollen. Der eigentliche Grund für diese Initiative war der Wunsch von Reichsführer SS Heinrich Himmler, angesichts der für Deutschland prekären Kriegslage mit den westlichen Alliierten wegen eines möglichen Separatfriedens ins Gespräch zu kommen. Obwohl bald die Deportationen nach Auschwitz begannen, setzte das Rettungskomitee die Verhandlungen und die Zahlungen an die SS fort, um zumindest einzelne Gruppen jüdischer Menschen vor der Vernichtung in Auschwitz zu retten. Tatsächlich fuhr Ende Juni 1944 ein Zug mit 1.684 Personen von Budapest ins „Ungarnlager“ des KZ Bergen-Belsen. Im August und Dezember 1944 durften die Transportteilnehmer/innen in die Schweiz ausreisen. Ende Juni wurden aber auch 15.000 Jüdinnen und Juden aus den Ghettos in Szolnok, Szeged, Baja und Debrecen nicht nach Auschwitz, sondern nach Strasshof an der Nordbahn deportiert. Sie sollten laut Eichmann in Österreich so lange „aufs Eis“ gelegt werden, das heißt in Wien und Niederösterreich arbeiten, bis die Verhandlungen mit den westlichen Alliierten erfolgreich abgeschlossen waren und sie ins Ausland ausreisen konnten. Im Falle eines Scheiterns der Verhandlungen drohte auch ihnen die Vernichtung.

Die im Frühjahr 1944 nach Gänserndorf und Strasshof deportierten ungarischen Jüdinnen und Juden waren also beides: Zwangsarbeiter/innen und Faustpfand bei den Verhandlungen jener Gruppe der SS um Heinrich Himmler, welche angesichts der katastrophalen Kriegslage zunächst eine Annäherung an die westlichen Alliierten, bald jedoch ein persönliches Alibi für die Nachkriegszeit suchte.

Die Lebens- und Arbeitsbedingungen der Deportierten widerspiegelten ihre ambivalente Position. In Strasshof fanden keine Selektionen statt, Arbeitsfähige wurden zusammen mit ihren nichtarbeitsfähigen Familienmitgliedern Arbeitgebern in Wien und Niederdonau übergeben. In der Regel brachten die Arbeitgeber die jüdischen Familien in völlig unzureichenden Unterkünften – in Baracken, Scheunen, Ställen, Schuppen und dergleichen – am Arbeitsplatz unter und verpflegten sie gemäß den vom Gauernährungsamt vorgeschriebenen Hungerrationen für Juden.

Die Evakuierung der Teilnehmer/innen der Strasshofer Transporte

Im Frühjahr 1945 sollten die Teilnehmer/innen der Strasshofer Transporte nach Theresienstadt „evakuiert“ werden, um nicht von der vorrückenden Roten Armee befreit zu werden. Am 8. März 1945 erreichte ein Transport mit 1.072 Personen Theresienstadt. Etwa dreitausend weitere Häftlinge waren bereits seit Tagen in die Waggons eines wartenden Zugs im Bahnhof Strasshof gepfercht, als dieser am 26. März von amerikanischen Bombern völlig zerstört wurde.

Dabei kamen auch Dutzende ungarische Jüdinnen und Juden ums Leben oder wurden verletzt, die anderen wurden bereits am 10. April in Strasshof von sowjetischen Truppen befreit. Überhaupt konnten zahlreiche Lager im Osten und Süden Niederösterreichs nicht rechtzeitig vor dem Einmarsch der russischen Truppen evakuiert werden, sodass ihre Insassen bereits Anfang April wieder freie Menschen waren.

Nach der Zerstörung des Strasshofer Bahnhofs konnten nur mehr 1.509 jüdische Arbeiter/innen aus dem nördlichen Niederösterreich und aus Südmähren nach Theresienstadt verbracht werden. Die Mehrheit der Deportierten wurde in Richtung Mauthausen evakuiert, was ihrem Schicksal eine katastrophale Wende gab. Sie mussten zum Teil weite Strecken in Gewaltmärschen zurücklegen, bevor sie auf Züge verladen wurden. Unzählige Marschteilnehmer/innen waren diesen Strapazen nicht gewachsen und starben unterwegs oder wurden von den Wachmannschaften ermordet.

Für Hunderte jüdische Arbeiter/innen bedeutete die Tatsache, dass der Vorstoß russischer Truppen ihre

Evakuierung verunmöglichte, das Todesurteil. Sie wurden in oder nahe ihren Lagern bzw. während ihres Marsches nach Mauthausen ermordet. Um den 10. April ermordeten Schutzpolizisten unter der Führung eines SS-Feldgendarmen im südmährischen Nikolsburg (Mikulov) acht Männer, zwölf Frauen und ein neunjähriges Mädchen. Den Mordbefehl hatte der Kreisleiter von Nikolsburg, Anton Sogl, gegeben. Im Kreis Scheibbs kam es zu einer ganzen Serie von Massakern. In den frühen Morgenstunden des 13. April steckte eine Werfereinheit der Waffen-SS die Baracke mit den 76 Insassen des Lagers Göstling/Ybbs in Brand; es gab keine Überlebenden. Am 15. April wurden 96 Personen, die auf dem Weg nach Mauthausen Randegg passierten, abgefangen und erschossen, ihre Leichen verbrannt. Am 19. April wurden in Gresten zwei Männer, zwei Kinder und zwölf Frauen, die sich ebenfalls auf dem Weg nach Mauthausen befanden, in einen tiefen Wassergraben getrieben und erschossen. Die Mörder waren Angehörige der Waffen-SS und der HJ, doch gibt es Hinweise, dass die Morde von der Kreisleitung angestiftet wurden.

Noch während heftige Kämpfe mit der Roten Armee tobten, wurden am 17. und 18. April von den Angehörigen der SS-Feldgendarmerie in Weißenbach/Triesting und Thenneberg/Triesting Dutzende ungarische Jüdinnen und Juden ausgeforscht und ermordet. Das letzte und größte Massaker fand in der Nacht vom 2. auf den 3. Mail in Hofamt-Priel statt, wo Angehörige der Waffen-SS 223 Insassen des Durchgangslagers Ybbs-Persenbeug erschossen.

Ungarisch-jüdische Schanzarbeiter/innen entlang des Südostwalls

Ab November 1944 waren etwa 40.000 ungarische Jüdinnen und Juden auf beiden Seiten der österreichisch-ungarischen Grenze beim Bau des Südostwalls im Einsatz. Obwohl dem Bau des Südostwalls größte militärische Bedeutung beigemessen wurde, trafen die zuständigen Gauleitungen so gut wie keine Vorkehrungen, um die jüdischen Arbeiter/innen bei Kräften, ja auch nur am Leben zu erhalten. Als Unterkünfte dienten meist ungeheizte Ställe, Schuppen, Keller, Meierhöfe, Dachböden und dergleichen, bisweilen auch leerstehende Schulgebäude. Die Verpflegung war unzureichend, Waschmöglichkeiten waren, wenn überhaupt, nur spärlich vorhanden, medizinische Betreuung und insbesondere Medikamente fehlten fast völlig. Die entkräfteten und häufig kranken Deportierten wurden gnadenlos zur Arbeit angetrieben, viele starben an Hunger, Erschöpfung, Kälte und Krankheiten oder wurden von den Wachmannschaften, die Funktionäre der NSDAP, Mitglieder der SA und des Volkssturms, der kroatischen Waffen-SS und HJ waren, ermordet. Obwohl die Lager streng bewacht waren und der Zivilbevölkerung jeglicher Kontakt mit den jüdischen Häftlingen verboten war, sahen die Ortsbewohner/innen die jüdischen Arbeiter/innen zumindest auf ihrem Weg zur und von der Arbeit und konnten ihren rapiden körperlichen Verfall ebenso wie die Misshandlungen seitens der Wachmannschaften beobachten. Immer wieder unterstützen Ortsbewohner/innen die Hungernden mit bitter nötigen Lebensmitteln, manche protestierten sogar gegen ihre schlechte Behandlung. Die Mehrheit der Zivilbevölkerung schaute jedoch weg und schwieg.

Der Rückzug der Schanzarbeiter/innen durch den Gau Niederdonau

Ende März 1945 erging der Befehl zum Rückzug der jüdischen Schanzarbeiter/innen nach Mauthausen. Zunächst wurden die Insassen der westungarischen Lager in Marsch gesetzt, Kranke und Nichtmarschfähige wurden unmittelbar vor und nach der Auflösung der Lager von Wachmannschaften und SS ermordet. Im Lager „Ziegelofen" in Köszeg war am 22. und 23. März 1945 die einzige Gaskammer auf ungarischem Gebiet in Betrieb.

Die im Raum Sopron Internierten wurden in den Gau Niederdonau verbracht. Da abzusehen war, dass die Rote Armee zunächst in Richtung Wien vorstoßen würde, erfolge die Evakuierung der Schanzarbeiter/innen aus Niederdonau sehr rasch. Die Arbeiter aus den Soproner und den nordburgenländischen Lagern wurden nach Gramatneusiedl geleitet und dort in Zügen verladen, die sie nach Mauthausen brachten. Bei diesen Märschen kam es außer den Erschießungen von Erschöpften durch die Wachmannschaften auch zu mörderischen Übergriffen von Einheiten der Waffen-SS in St. Margarethen und Loretto. Einige Nachzüglertransporte mussten den Weg nach Mauthausen zu Fuß zurücklegen.

Die jüdischen Arbeiter aus den Lagern von Engerau (heute Bratislava) wurden am 29. März nach Bad Deutsch Altenburg getrieben. Während dieses Todesmarsches wurden 102 Personen von betrunkenen Wiener SA-Waschmannschaften ermordet. Die im Lager zurückgebliebenen wurden ebenfalls liquidiert. In Bad Deutsch Altenburg wurden die Überlebenden zusammen mit Arbeitern aus dem Raum Bruck/Leitha auf Schleppkähne verladen und ohne Verpflegung und Wasser nach Mauthausen gebracht.

Die Todesmärsche durch den Gau Steiermark

Die in Köszeg und Bucsu internierten Arbeiter wurden in den Raum Rechnitz evakuiert. Trotz der oben beschriebenen massenhaften Ermordung von Kranken in Köszeg kamen am 24. März mit einer Gruppe von insgesamt tausend Personen auch zweihundert nicht mehr Arbeitsfähige per Bahn in Burg an. Während die Gesunden zu Schanzarbeiten eingeteilt wurden, veranlasste Kreisleiter Eduard Nicka den Rücktransport der Kranken nach Rechnitz, wo sie in der Nacht von 16 oder 17 Teilnehmern eines Gefolgschaftsfests der örtlichen Nazi-Prominenz erschossen wurden. Ihr Massengrab konnte trotz intensiver Suche bis heute nicht gefunden werden.

Am selben Tag erhielten 13 sechzehn- und siebzehnjährige Hitlerjungen, denen erstmals Waffen ausgehändigt worden waren, den Befehl, etwa tausend Häflinge von Burg nach Strem zu begleiten. Einige Burschen befolgten den Befehl, Nachzügler zu erschießen; der Mehrheit gelang es, ihre Kolonnen vollzählig ans Ziel zu bringen. Am 26. März übergaben sie die erschöpften Juden in Strem einer anderen HJ-Gruppe, die weit mehr Morde beging. Dass die Verweigerung von Schießbefehlen möglich war, zeigten die Wachmannschaften der Arbeiter des Lagers Reinersdorf. Obwohl der dortige Unterabschnittsleiter, Bruno Strebinger, vor dem Abmarsch befahl, alle Kranken zu ermorden, evakuierten sie die ganze Gruppe. Die Verweigerung von Mordbefehlen wurde nie bestraft. In der Regel fand sich in solchen Fällen rasch ein anderer, der den Befehl willig ausführte. Allerdings war die Wachmannschaft in Reinersdorf nicht die einzige, die geschlossen den Schießbefehl verweigerte.

Die Transporte bewegten sich auf verästelten Routen von der Grenze nach Graz. Ihr Weg lässt sich vor allem anhand der nach dem Krieg entdeckten Gräber rekonstruieren. Fluchtversuche unterwegs waren selten. Erfolg hatten nur jene Glücklichen, die zufällig auf mutige Helfer/innen stießen.

Obwohl Hilfeleistungen für Juden mit schweren Strafen bedroht waren, ist kein Fall bekannt, bei dem ein Helfer, dessen Schützlinge entdeckt wurde, tatsächlich zu Schaden kam, während alle wieder gefassten Flüchtlinge – häufig vor den Augen ihrer Helfer – erschossen wurden.

In Graz hielten die Marschteilnehmer/innen eine ein- oder mehrtägige Rast. Viele erhielten hier ihre erste warme Mahlzeit seit dem Abmarsch von der Grenze. Bei der Zusammenstellung der neuen Transporte wurden Nichtmarschfähige selektiert und ermordet: Nach dem Krieg wurden in Graz-Liebenau 53, in Graz-Wetzelsdorf 15 Opfer entdeckt. Die Transporte hatten sehr unterschiedliche Größe. Der erste und größte bestand aus sechstausend Personen und verließ Graz am 4. April in Richtung Bruck/Mur. Die Transportleitung lag bei drei Beamten der Grazer Gestapo, als Begleitmannschaften dienten Angehörige des Volkssturms, die jeweils an der Grenze ihres Gendarmerierayons ausgewechselt wurden. Zwölf Angehörige der ukrainischen Waffen-SS, die den Transport von Graz bis Leoben begleiteten, zeichneten sich durch besondere Brutalität gegenüber den Marschteilnehmer/innen aus. Doch die Mehrheit der Mörder waren Volkssturmmänner. Auch

Zivilisten begegneten den Elendskolonnen mit erschreckend aggressivem Antisemitismus. Wieder mussten die Arbeiter/innen tagelang ohne Nahrung marschieren und bei nasskaltem Wetter im Freien übernachten.

Am Nachmittag des 7. April erreichte der große Transport die Präbichl-Passhöhe, wo die so genannte Alarmkompanie des Eisenerzer Volkssturms, eine Einheit von SA-Männern, die Bewachung übernahm. Unmittelbar nach dem Abmarsch der Kolonnen begannen die Eisenerzer Wachmannschaften blindwütig auf die Marschierenden zu schießen. Als es dem Transportleiter nach etwa drei Viertelstunden gelang, dem Morden ein Ende zu setzen, waren mehr als zweihundert jüdische Männer und Frauen erschossen und erschlagen worden. Das Morden ging auch beim Weitermarsch von Eisenerz nach Lainbach weiter, da auf Befehl des zuständigen Kreisleiters von Leoben, Otto Christandl, dieselben Wachmannschaften weiterhin eingesetzt wurden.

Über Hieflau, St. Gallen und Altenmarkt erreichte der Transport schließlich den Gau Oberdonau und marschierte das Ennstal entlang. Laut den Pfarrchroniken von Kleinreifling und Großraming war er inzwischen auf fünftausend Personen dezimiert worden. In ihrem großen Hunger verschlangen die Häftlinge jede erreichbare Nahrung, sei es Gras oder Schweinefutter. Die Wachmannschaften taten ihr Möglichstes, um Hilfeleistungen durch die Zivilbevölkerung zu verhindern.

Aufgrund ihrer geschwächten körperlichen Verfassung konnten immer mehr Deportierte das Marschtempo nicht mithalten und brachen erschöpft zusammen oder wurden als Nachzügler erschossen. Da sich unter der Bevölkerung Unmut wegen der am Straßenrand nur notdürftig verscharrten Toten regte, wurden diese auf Fuhrwerken gesammelt und zur Bestattung in nahe gelegene Friedhöfe geführt. Unter den Leichen befanden sich allerdings bisweilen noch Lebende. Über Enns und Ennsdorf (NÖ) erreichten die Truppen schließlich Mauthausen.

Da das Konzentrationslager Mauthausen und das bei Marbach errichtete provisorische Zeltlager überfüllt waren, wurden Tausende erschöpfte Häftlinge am 16., 26. und 28. April 1945 neuerlich in Marsch gesetzt und ins Lager Gunskirchen verlegt. Die Opferzahl auf dieser letzten, 55 Kilometer langen Etappe war erschreckend. Allein auf den ersten vier Kilometern sollen achthundert Häftlinge erschossen worden sein, um die Schwächsten und Langsamsten gleich zu Beginn zu eliminieren. Die gesamte Opferzahl dieses Todesmarsches wird auf bis zu sechstausend geschätzt.

Gunskirchen war überbelegt und typhusverseucht, die Versorgung der mehr als zwanzigtausend Insassen mit Nahrung und Wasser brach völlig zusammen. Als das Lager am 5. Mai 1945 von amerikanischen Truppen befreit wurde, waren die meisten Insassen nicht nur unterernährt, sondern krank. Hunderte überlebten ihre Befreiung nur um einige Tage und Wochen. Das 1948 gegründete Jüdische KZ-Grabstätten-Eruierungs- und Fürsorge-Komitee schätzte die Gesamtzahl der ungarisch-jüdischen Opfer der Todesmärsche in Österreich auf 23.000.

Dr. Eleonore Lappin-Eppler, ist wissenschaftliche Mitarbeiterin des Instituts für Geschichte der Juden in Österreich, St. Pölten.

Quellennachweis: Eleonore Lappin: Der Zwangsarbeitereinsatz und die Todesmärsche ungarischer Jüdinnen und Juden 1944/45. Originalbeitrag für das Programmheft zur Aufführung im Stadttheater Klagenfurt 2007

DER ZUG DER LEBENDEN LEICHEN

Benedikt Friedman

Es war Anfang April 1945. In die gespannte Atmosphäre dieser Tage platzte plötzlich die Nachricht wie eine Bombe: „Juden werden durch die Stadt getrieben!“ Ihre Detonation konnten sogar wir, die Sklaven, hören.

Die Leute wunderten sich. Sie debattierten, sie versammelten sich auf der Landstraße, durch die die Juden getrieben werden sollten. Die Ortsbewohner – nur wenige waren zu Hause geblieben – wollten sich das Schauspiel nicht entgehen lassen. Wie war das möglich, lebende Juden? Die sollten hier vorbeiziehen? Die Juden aus dieser Gegend waren doch schon vor Jahren verschwunden! Man hatte ihre Vertreibung miterlebt. Man hatte es mit eigenen Augen gesehen, viele hatten mitgetan, mit angepackt, um diesen und jenen Ort, wie befohlen, „judenfrei“ zu machen. Graz, die Gauhauptstadt, brüstete sich ja damit, eine der ersten „judenfreien Gemeinden“ gewesen zu sein. Zur Belohnung hatte Hitler sie bekanntlich zur „Stadt der Volkserhebung“ ernannt ...

Über die früheren Eigentümer brauchte man sich auch jetzt keine Gedanken mehr zu machen, so man sich jemals überhaupt welche gemacht hatte: Die waren ja weg, eliminiert, sie würden nie mehr auftauchen. Und jetzt das?

Alle warteten gespannt. Aufgewühlt und gespannt hatte sich eine Menschenmenge längst der Straße, durch die die Juden getrieben werden sollten, versammelt. Auch wir, die Zwangsarbeiter, standen da und warteten. Man hatte uns nicht nur nicht daran gehindert, uns den schaulustigen Einheimischen anzuschließen, man hatte uns sogar dazu aufgefordert und von der Arbeit freigestellt. Die Einheimischen unterhielten sich laut, Meinungen wurden ausgetauscht, man nahm sich kein Blatt vor den Mund. Ein alter Mann, dessen Hals ein mächtiger Kropf zierte, wiegte bedächtig den Kopf und meinte, es sei ihm schleierhaft, wieso es überhaupt noch Juden gebe. Die Leute wurden nachdenklich, es war ihnen wohl ein wenig unheimlich, auf Menschen zu warten, die man längst tot wähnte. Jemand vermutete, es würden wohl gar keine Juden sein, sondern vielleicht jugoslawische Partisanen oder andere Banditen. Aber nein, riefen mehrere, es seien Juden, auf die man da warte, waschechte, lebende Juden. Das wisse man von den Volkssturmmännern, die zur Bewachung der Transporte aufgeboten worden seien.

Dann kamen sie. Todmüde, verschmutzt, in zerrissene Lumpen gehüllt, die Augen zu Boden gesenkt, wankten sie vorbei. Sie konnten die zerschundenen und blutenden Füße kaum mehr vom Asphalt heben. Bei ihrem Anblick gerann einem unwillkürlich das Blut in den Adern. Der grausige Zug hatte nichts Menschliches mehr an sich, es war ein Zug von Gespenstern. Nachtmahren am helllichten Tag, ein Zug lebender Leichen, der da vor unseren entsetzten Augen vorüberzog. Wie einem Massengrab entstiegen, mit Gewehrkolbenhieben in ein anderes Massengrab getrieben.

Bendikt Friedman, geboren 1910 in Lemberg, war jüdischer Abstammung. Er meldete sich 1943 unter falschem Namen als arischer Pole und wurde zur Zwangsarbeit nach Deutschland deportiert. Er überlebte das KZ und wanderte 1948 nach Israel aus.

Quellennachweis: Benedikt Friedman: „Iwan hau den Juden!“ Die Todesmärsche ungarischer Juden durch Österreich nach Mauthausen im April 1945. Schriftenreihe „Augenzeugen berichten“. Herausgegeben vom Institut für Geschichte der Juden in Österreich, St. Pölten: Eigenverlag des Instituts 1989. (Heft 1)

IN FOLGENDEN ORTSCHAFEN WURDEN MASSENGRÄBER UNGARISCHER JUDEN GEFUNDEN:

Abstetten bei Tulln/NÖ • Aggsbachdorf/NÖ • Altenmarkt/NÖ • Andritz/Stmk. • Ansfelden/OÖ • Asten/OÖ • Auersbach bei Feldbach/Stmk. • Bad Blumau/Stmk. • Brand/NÖ • Breitenbrunn/Bld. • Brodersdorf/Stmk. • Bruck a. d. Mur/Stmk. • Deutsch Altenburg/NÖ • Deutschfeistritz/Stmk. • Deutschkreutz/Bgld. • Donnerskirchen/Bgld. • Dult/Stmk. • Ebelsberg/OÖ • Ebensee/OÖ • Eberau/Bgld. • Echsenbach/NÖ • Eggenberg/Stmk. • Eggenfeld/Stmk. • Eisenerz/Stmk. • Emmersdorf bei Melk/NÖ • Feldbach/Stmk. • Felixdorf/NÖ • Gaas/Bgld. • Gallspach/OÖ • Gamsgraben-Frohnleiten/Stmk. • Gänserndorf/NÖ • Gleisdorf/Stmk. • Gloggnitz/NÖ • Gmünd/NÖ • Gnas/Stmk. • Gnies/Stmk. • Göstling a. d. Ybbs/NÖ • Gramatneusiedl/NÖ • Gratkorn/Stmk. • Graz/Stmk. • Gresten b. Scheibbs/NÖ • Großau b. Gleisdorf/Stmk. • Großsiegharts b. Waidhofen/NÖ • Groß Steinbach/Stmk. • Großreifling/Stmk. • Gunskirchen/NÖ • Gusen/OÖ • Hargelsberg/OÖ • Heiligenbrunn/Bgld. • Heiligenkreuz/Bgld. • Heiligenkreuz b. Baden/NÖ • Hochenegg/Stmk. • Hohentauern/Stmk. • Hürth/Stmk. • Ilz/Stmk. • Inzenhof/Bgld. • Jennersdorf/Bgld. • Judenburg/Stmk. • Judendorf/Stmk. • Kainbach/Stmk. • Kalch/Bgld. • Kapfenstein/Stmk. • Klöch/Stmk. • Korberg/Stmk. • Bad Kreuzen/OÖ • Krottendorf/Bgld. • Kukmirn/Bgld. • Lainbach/NÖ • Lambach/OÖ • Leithaprodersdorf/Bgld. • Leoben/Stmk. • Lichtenwörth/NÖ •

Liezen/Stmk. • Linz Süd/OÖ • Linz-VÖEST/OÖ • Loretto/Bgld. • Mauthausen/OÖ • Möderbrugg/ Stmk. • Mödling/NÖ • Moosland/Stmk. • Mühldorf/ Stmk. • Münichtal/Stmk. • Mürzzuschlag/Stmk. • Nestelbach/Stmk. • Neudorf bei Parndorf/Bgld. • Neudörfl/Bgld. • Neuhaus/Bgld. • Neuhofen bei Krems/NÖ • Neumarkt a. d. Raab/Bgld. • Oberschöckel/Stmk. • Oberzeiring/Stmk. • Paldau/ Stmk. • Peggau/Stmk. • Penzendorf/Stmk. • Pernegg/Stmk. • Persenbeug/NÖ • Petzenkirchen/ NÖ • Pischelsdorf/Stmk. • Präbichlpass/Stmk. • Priel-Hofamt/NÖ • Purbach/Bgld. • Raach b. Graz/ Stmk. • Bad Radkersburg/Stmk. • Randegg/NÖ • Rechnitz/Bgld. • Redl-Zipf/OÖ • Reinersdorf/Bgld. • Rottenmann/Stmk. • Salla/Stmk. • Schachendorf/ Bgld. • Bad Schallerbach/OÖ • Schandorf/Bgld. • Schattendorf/Bgld. • Schleißheim/OÖ • Seibersdorf/NÖ • Siegendorf/Bgld. • Sierning/OÖ • Sinabelkirchen/Stmk. • St. Martin/OÖ • St. Pankraz/ OÖ • St. Johann a. Tauern/Stmk. • St. Radegund/ Stmk. • St. Florian/OÖ • St. Martin b. Weitra/NÖ • St. Lorenzen i. Mürztal/Stmk. • St. Margarethen/ Bgld. • St. Georgen/NÖ • S. Marien/OÖ • St. Marein i. Mürztal/Stmk. • Stammersdorf/Wien • Steyr/ OÖ • Strasshof/NÖ • Stubalpen Reisstraße/Stmk. • Thenneberg/NÖ • Thalheim b. Wels/OÖ • Trautmannsdorf/Stmk. • Trofaiach/Stmk. • Übelbach/Stmk. • Wegscheid/NÖ • Weißenbach a. d. Triesting/NÖ • Weißkirchen/Stmk. • Weißkirchen a. Traun/OÖ • Wels/OÖ • Wien • Wiener Neustadt/NÖ • Windisch-Minihof/Bgld. • Ybbs/NÖ • Zurndorf/Bgld.

EINE FRAGE DES CHARAKTERS

Silke Hassler und Peter Turrini im Gespräch

Wie sind Sie auf das Thema dieses Stücks gekommen, und was hat Sie dazu motiviert, es für die Bühne zu bearbeiten?

Hassler: Das Thema der sogenannten Todesmärsche hat Peter und mich jahrelang beschäftigt. Diese Greueltaten an Juden geschahen direkt vor den Augen der Menschen und nicht in Konzentrationslagern, von denen angeblich niemand etwas gewußt hat. Diese Todesmärsche, in denen jüdische Zwangsarbeiter und KZ-Häftlinge durch Niederösterreich, das Burgenland und die Steiermark Richtung Mauthausen getrieben wurden, fanden in den letzten Kriegsmonaten statt, teilweise noch im April 1945. Die SS war schon weg, diese Märsche wurden bewacht und begleitet von Zivilisten, Mitgliedern des Volkssturms, teilweise sogar von Hitlerjungen, und es war schon längst keine Frage des sogenannten Befehlsnotstandes mehr, wie sich die Menschen gegenüber den Juden verhalten haben, sondern eine Frage des Charakters.

Turrini: Uns hat interessiert, wie sich Menschen in einer Ausnahmesituation verhalten. Es gibt Berichte, vor allem von Frauen, die geholfen haben, indem sie ihre Kinder zu den Lagerplätzen geschickt haben, um den Juden Essen zu bringen. Und es gibt Berichte von Übergriffen, wo Menschen mit Heugabeln und Schaufeln auf die Juden eingeschlagen haben. Oder einfach wahllos in die Menge geschossen haben. Dieses unterschiedliche menschliche Verhalten ist der Kern unseres Stükkes. Wir wollten sowohl an jene, die geholfen haben, erinnern, als auch jene zeigen, die mitleidlos waren.

Wie hoch ist der dokumentarische Anteil des Stücks, wie nah an der Realität ist es geschrieben?

Hassler: Es sollte keine vordergründige historische Aufarbeitung werden, an die dokumentarische Form haben wir von Anfang an nicht geglaubt, denn die Auflistung von Daten und Fakten führt nicht unbedingt zu Erkenntnissen. Wir wollten mit den Mitteln des Theaters eine Geschichte erzählen, die bei den Menschen wechselnde Emotionen auslöst. Deswegen haben wir die ästhetische Form der Tragikomödie gewählt, um die Menschen zuerst zum Lachen zu bringen, sie den Figuren auf der Bühne nahezubringen, und sie dann, am Ende, mit den tatsächlichen Schrecknissen zu konfrontieren.

Turrini: Unser Stück ist eine Mischung aus Erfundenem und Vorgefundenem. Das Vorgefundene basiert auf jahrelangen Recherchen zum Thema Todesmärsche. Zum Beispiel haben wir Prozeßakten aus der unmittelbaren Nachkriegszeit studiert, in denen Menschen vor Gericht standen, die sich an den Greueln während dieser Todesmärsche beteiligt hatten. Oder Augenzeugenberichte von Überlebenden. Die historischen Fakten sind die Basis des Stükkes, nicht mehr und nicht weniger. Die Geschichte, die auftretenden Figuren sind unsere Erfindung. Bis auf zwei Ausnahmen: der Operettensänger Lou Gandolf und die Bäuerin Traudl Fasching. Beide hat es wirklich gegeben, wenn auch unter anderem Namen. Mit der Bäuerin wollten wir, wie gesagt, daran erinnern, daß es Menschen gab, die selbst unter

Gefahr geholfen haben. Über den Operettensänger haben wir in einem Bericht gelesen, daß er auf einem dieser Märsche umgekommen ist. Bis heute weiß man nicht genau wo. Auch ihm wollten wir, stellvertretend für die vielen Opfer, ein Denkmal setzen.

Am Schluß nimmt das Stück eine sehr überraschende, erschreckende und grausame Wendung. Wäre es für Sie auch eine Option gewesen, das Stück anders, also: gut enden zu lassen?

Turrini: Wie gesagt, wir erzählen eine erfundene Geschichte über Menschen, beinahe ein Märchen, wie dem Tode geweihte Menschen versuchen, mit Hilfe der Kunst, der Aufführung einer Operette, dem Sterben zu entkommen. Beinahe gelingt es ihnen ja, aber nur beinahe.

Hassler: Für uns ist der Schluß ganz wichtig, weil er die Realität zeigt, nicht, was wir gerne hätten, sondern was tatsächlich vorgefallen ist. Alle werden getötet. Die Theaterbesucher haben den Schmerz über den Verlust von Menschen, die ihnen – zumindest auf der Bühne – nahegekommen sind, sehr stark empfunden. Viele Zuschauer haben am Ende der Vorstellung geweint oder sind minutenlang schweigend im Theater sitzengeblieben.

Die Uraufführung Ihres Stücks hat am Stadttheater Klagenfurt unter Dietmarl Pflegerl stattgefunden. Welche Rolle hat Pflegerl bei der Arbeit am Stück gespielt?

Turrini: Als wir dem Dietmar Pflegerl zum ersten Mal von unserer Idee zu diesem Stück erzählt haben, war er von Anfang an ein Überzeugter und hat es gegen jeden Widerstand am Stadttheater Klagenfurt herausgebracht.

Hassler: Er hat auch an uns als Autorenduo geglaubt. Das war ja nicht ohne Risiko für ihn. Wenn wir uns bei der Arbeit völlig zerstritten hätten, wäre nicht nur unsere Beziehung ruiniert gewesen, sondern er hätte auch kein fertiges Stück bekommen. Er war einfach ein unerschütterlicher Optimist.

Sie haben das Stück gemeinsam geschrieben, als Autorenduo. Wie konkret kann man sich die Zusammenarbeit vorstellen?

Turrini: Silke schrieb die erste Fassung. Danach bin ich, der ich mit „Mein Nestroy" beschäftigt war, eingestiegen. Von da an haben wir lange miteinander – wie darf ich es nennen? – gerangelt ...

Hassler: Gestritten?

Turrini: Wir streiten seit einigen Jahren auf Augenhöhe. Anders geht es gar nicht, sonst nimmt man die Argumente des anderen nicht ernst.

Sie sind auch privat ein Paar. Hat das die künstlerische Zusammenarbeit erschwert oder erleichtert?

Hassler: Es war schwer. Wir haben einander über die Jahre immer wieder unsere jeweilige Arbeit gezeigt und uns die Einwände des anderen angehört. Aber niemand von uns beiden war je gezwungen, sie zu berücksichtigen. Wenn man gemeinsam ein Stück schreibt, dann muß man so lange diskutieren, bis man über jedes einzelne Wort, über jeden einzelnen Satz einig ist.

Turrini: Wir streiten ja nie über Alltagsfragen. Aber der Silke und mir ist jede Formulierung, die wir noch nicht gut finden, jede Leidenschaftlichkeit wert.

Lieber schneide ich mir einen Finger ab, als daß ich einen Satz stehen lasse, von dem ich nicht überzeugt bin. Und vice versa. Jetzt können Sie sich das Maß der Debatten ungefähr vorstellen.

Hassler: Und deren Dauer.

Für die Uraufführung des Stücks in Klagenfurt hat Roland Neuwirth die Musik komponiert, die zweite Aufführung in Wien hat ohne Musik stattgefunden. Was war der Grund für die unterschiedlichen Inszenierungen?

Hassler: In der Klagenfurter Fassung ist das Orchester Teil des Geschehens, folglich sitzen die Orchestermusiker auf der Bühne. Aber Klagenfurt ist ein Mehrspartenhaus, einen solchen Aufwand kann sich ein reines Sprechtheater gar nicht leisten. Deswegen haben wir für das Theater in der Josefstadt eine reine Sprechtheaterfassung geschrieben, die sich auf das Schicksal von zehn jüdischen Häftlingen konzentriert.

Wie kann man sich die Zusammenarbeit mit Roland Neuwirth vorstellen? War er bereits in der eigentlichen Entstehungsphase des Stücks involviert?

Turrini: Wir haben den Roland Neuwirth inhaltlich auf dem Laufenden gehalten, aber zu zweit über jeden Satz zu diskutieren, ist schon anstrengend genug. Deswegen haben wir die Diskutantenrunde erst mit ihm erweitert, als wir die Geschichte aus unserer Sicht zu Papier gebracht hatten.

Hassler: Mit den Musikern ist das so eine Sache: Die Wortsetzer glauben, der Satz hat keinen Platz für Musik, während die Tonsetzer jede Menge Platz für Musik erkennen. Am Ende haben wir uns auf eine demokratische Lösung geeinigt: In den Szenen hat die vorhandene Musik von „Wiener Blut" eine wichtige inhaltliche Rolle, zwischen den Akten hat der Roland Neuwirth seine eigene Musik komponiert.

Warum haben Sie gerade „Wiener Blut" als „Stück im Stück" ausgewählt?

Hassler: „Wiener Blut" gilt als der Inbegriff des Österreichischen schlechthin und ist von zwei jüdischen Librettisten verfaßt worden. In den berühmtesten Textpassagen wird immer wieder betont, sie hätten das Wiener Blut in sich und dies sei das allein Seligmachende. Das ergab eine schöne Ironie für unser Stück.

Turrini: Außerdem haben wir ja einen schlechten Charakter und haben uns gedacht, wir treiben mit dieser österreichischen Erwartung von Operette ein hinterfotziges Spiel. Es handelt sich bei unserem Stück ja um die schleißigste Aufführung von „Wiener Blut", die jemals stattgefunden hat.

Das Stück ist als Tragikomödie konzipiert, auf den ersten Blick ein heikles Unterfangen bei diesem schwierigen Thema. Wie wurde das von den Medien und vom Publikum aufgenommen?

Turrini: Hätten wir einen weiteren Beitrag zur Traueraufarbeitung des Holocaust geleistet, wäre das keine künstlerische Herausforderung gewesen, sondern maximal eine moralische Anständigkeit. Es ist dieser schmale Grat zwischen Tragödie und Komödie, den wir trotz des todernsten Themas gehen wollten. Einige Rezensenten haben uns Vorwürfe gemacht.

Hassler: Außerhalb des Feuilletons gab es das nicht, im Gegenteil. Wir haben viele berührende Briefe von

Menschen bekommen, die als Kind einen dieser Todesmärsche miterlebt und ein Leben lang darüber geschwiegen haben. Das hat uns viel bedeutet.

In gewisser Weise kann man das Stück sehen in einer Reihe mit Werken wie „La vita è bella", „Zug des Lebens", vielleicht auch „Jakob der Lügner" – Filme bzw. Bücher, die sich dem Schrecken auch mit komödiantischen Mitteln annähern. Sehen Sie sich bewußt in dieser Traditionslinie?

Turrini: Ja, wir reihen uns gerne in diese Traditionslinie ein, wir wollten einfach kein weiteres Holocaust-Drama schreiben, bei dem man nach fünf Minuten weiß, daß man die nächsten zwei Stunden einem durchgehenden Entsetzen ausgeliefert ist.

„Jedem das Seine" ist die Aufschrift auf dem Lagertor zum KZ Buchenwald. Warum haben Sie sich für diesen Titel entschieden?

Hassler: Darauf gekommen sind wir, weil es in den 90er Jahren in Deutschland eine Werbekampagne von einem großen Handyerzeuger gab, der als Werbespruch „Jedem das Seine" verwendet hatte, also „Jedem sein eigenes Handy". Das hat in Deutschland einen Riesenskandal ausgelöst. Offensichtlich ist die Erinnerung, daß es sich hier um eine KZ-Inschrift handelt, noch nicht ganz verschwunden.

Als Leser bzw. Zuschauer kann man jene Figuren des Stücks, die klar auf der Seite der Täter stehen, dennoch mit einer gewissen Milde betrachten: Der fanatische Hitlerjunge, der unreflektiert Parolen nachplappert, ist nicht recht ernstzunehmen, und

Stefan und der Gendarm haben trotz allem eine gewisse Gutmütigkeit und Harmlosigkeit an sich. Provokant gefragt: Liegt hier nicht die Gefahr der Verharmlosung nahe?

Hassler: Wir schildern Figuren, die aus ihrem damaligen Wissens- und Bewußtseinsstand heraus agieren. Zum Beispiel ist eine junge Magd wie die Poldi im Stück eine Mischung aus Unwissenheit und manchmal grausamer Naivität und dennoch handelt sie instinktiv auf eine menschliche Weise.

Turrini: Das ist keine Verharmlosung, sondern die Schilderung einer menschlichen Existenz. Wir sind ja alle vermischte Wesen aus guten Seiten und Grausamkeit, worüber wir uns mit einem hohen Maß an Selbstbetrug hinwegtäuschen. Es findet so vieles in einer Seele Platz und das ist es, was uns literarisch interessiert. Eine Verharmlosung wäre es, die Menschen nur als gut oder böse zu schildern, das existiert weder in der Wirklichkeit noch funktioniert es am Theater.

Eine zentrale Textpassage im Stück lautet: „Die Welt da draußen will uns töten. Wir müssen so tun, als wären wir in einer anderen“. Ist das Theater eine Form der Weltflucht, eine Form, sich eine neue Welt zu schaffen, in der man besser zurechtkommt als in der eigentlichen?

Turrini: Für mich ist das Theater ein Ort zur Nachstellung von Katastrophen, vergangenen oder gegenwärtigen.

Hassler: Leider holt die Wirklichkeit das Theater immer wieder ein. So viel kann man gar nicht übertreiben, daß die Wirklichkeit nicht noch schlimmer ist.

Welche Relevanz besitzt das Stück für ein heutiges Publikum, vor allem für ein junges Publikum?

Turrini: Da gibt es etwas, das sich durch die Zeiten zieht. Es gibt Menschen, die helfen, und es gibt Menschen, die sich für das Schicksal anderer nicht interessieren. Letztere nehmen zu, weil der Überlebenskampf im Dschungel der heutigen Gesellschaft immer härter wird.

Hassler: Das finde ich nicht, daß es heute für Menschen härter ist, Zivilcourage zu beweisen. Damals gab es Gesetze, Kollaboration mit dem Feind und ähnliches, die im schlimmsten Fall die Todesstrafe nach sich gezogen haben. Bäuerinnen, wie die Figur der Traudl Fasching in unserem Stück, haben ihre Mitmenschlichkeit unter größter Gefahr bewiesen. Welche Gefahren gehen die Leute denn heute schon ein, wenn sie etwas Mitmenschlichkeit beweisen?

Inhalt